회사 밥맛

회사
밥맛

서굴 지음

장래 희망이 회사원은 아니었다. 어릴 적 계획대로라면 이 나이쯤엔 이미 세계적 명성을 쌓은 작가가 되어 있어야 했다. 오늘도 세계적 명성 대신 회사 카페에서 적립금을 쌓는다. 어김없이 아이스아메리카노를 시키며 생각한다.

'오늘은 언제 퇴근할 수 있을까?'

출근하면서 퇴근을 기다린다. 나는 7년 차 회사원이다.

엘리베이터에 올라 핸드폰으로 구내식당 메뉴를 확인했다. 입사 초에는 사내 게시판에 들어가서 확인해야 했는데, 세상 많이 좋아졌다. 오늘의 메뉴는 불고기 전골, 새우튀김카레라이스, 비빔냉면. 뭘 먹을까 고민하는 사이 엘리베이터가 사무실이 있는 9층에 도착했다.

점심시간이 괴로웠던 적이 있다. 신입 시절, 편치 않은 사람들 사이에서 억지로 음식을 삼키다 체하기도 여러 번이었다. 친한 선배에게 입사 한 달 만에 그만두고 싶다고 털어놓았다. 선배는 1년을 다녀야 퇴직금이 나온다며 나를 말렸다. 1년을 꾸역꾸역 다니고 역시 이 길은 아닌 것 같아 다시 상담을 했다. 이력서에 한 줄이라도 쓰려면 2년은 다녀야 한다고, 조금만 참으라고 했다. 그렇게 2년이 3년이 되고 3년이 4년이 되더니, 벌써 7년째 회사에 다니고 있다.

왜 회사를 다니냐는 질문에 선배가 한 대답이 아직도 생생하다.
"나는 내가 우리 사회를 지탱하는 일을 하고 있다고 생각해. 이 일에는 이 회사의 임직원들과 그 가족들, 그리고 제품과 서비스를 사용하는 사람들의 삶이 달려 있어."

선배는 오너 가와 연관된 사람도 아니고, 그저 한 평범한 직원이었다. 그 숭고한 사명감에 순간 나는 부끄러움을 느꼈다. 밥벌이가 궁해서 마지못해 회사를 다니는 스스로가 속물처럼 느껴졌다.

지금은 안다. 밥벌이는 부끄러운 일이 아니다. 우리는 그냥 다른 사람이었다. 다른 사람이어서, 선배는 만년 과장으로 있으면서 궂은일 힘든 일 가리지 않고 일에 매진했고 건강에 문제가 생겨 회사를 그만뒀다.

누구의 잘못도 실패도 아니었건만, 선배가 떠나고 한동안 많이 힘들었다. 회사가 나를 망치는 악당처럼 느껴졌다. 방황하던 나를 잡아준 것은 또다시 선배였다. 1년 만에 만난 선배는 웃으며 말했다.

"너한테 계속 다니라고 말하면서도 나도 매일 때려치우고 싶었어. 사명감은 개뿔. 간만에 생긴 후배라 허세 좀 부렸지."

충격과 배신.

"그래도 회사 다닐 때 좋았던 것 같아. 응. 나쁘진 않았어."

혼돈과 의심.

노트북을 켜고 클라우드 시스템에 접속했다. 출근 타이머를 찍고 메일을 확인했다. 어제 하던 파워포인트 작업을 이어서 하기 위해 파일을 열고 자료 조사를 위해 인터넷 창을 켰다. 본격적인 업무 시작이다.

회사를 다니는 지금이 좋은지 좋지 않은지, 나쁘지 않은지 알지 못한다. 시절에 대한 평가는 대개 그 시절이 끝난 뒤에야 가능하다. 미래의 나는 회사에서의 지금을 아주 불만스럽게 이야기할 수도, 행복했다 입이 마르게 칭찬할 수도 있다.

그러므로 이 기록은 시절의 한가운데를 지나느라 스스로가 행복한지 불행한지도 모르는 한 천둥벌거숭이의 근시안적 자기 고백이다.

점심시간까지는 세 시간이 남았다. 오늘은 아무래도 비빔냉면이 좋겠다.

1장

익숙한 ─ ─ 맛

1장

익숙한

맛

함께 김치볶음밥을 먹는 기분

입사 동기 네 명이서 점심을 먹었다. 김치볶음밥과 돈가스가 맛있는 회사 근처 단골집이었다. 주문을 하고 음식을 기다리며 수다를 떨었다. 주제는 당연히 회사 얘기였다.

누군가가 우리 팀의 C 대리가 다음 프로젝트에서 리더를 맡게 될 거라는 소문을 전했다. C 대리는 나보다 3개월 늦게 입사한, 거의 동기나 다름없는 동료다.

나는 여전히 말단 사원인데 그녀가 리더로 물망에 올랐다는 말에 잠시 표정 관리가 안 됐다.

주문한 메뉴가 나왔다. 이곳의 김치볶음밥은 뜨거운 철판 접시에 담겨 지글거리는 비지엠을 깔고 등장한다. 소리부터 이미 합격. 밥 위에 흩뿌려진 고명을 섞어 크게 한 숟갈 입에 넣으면, 달달하게 볶은 신김치와 심심하게 데친 숙주가 강약강약 박자를 맞추며 입장하고, 보드라운 햄이 기름진 포만감을 더하며 문을 닫는다. 잊을 만하면 잇새에서 톡톡 터지는 날치알과 세심한 향을 더하는 쪽파까지, 도무지 지루할 틈이 없는 화려한 맛의 행진. 돈가스는 김치볶음밥에 비해 평범한 맛이지만 소스에 감칠맛이 도는 꽤 훌륭한 경양식이다. 특히 사이드 메뉴로 생 통조림 옥수수가 나와서 좋다.

다 먹어갈 때쯤 동기들에게 아까 C 대리의 소문을 듣고 기분이 별로였다고 얘기했다. 다들 깔깔 웃으며 그녀에 비해 내가 뒤처지는 것은 '애티튜드'라고 말했다. 예를 들어 회식이 잡힌 날 선약이 있을 경우, 그녀는 약속을 미루고 나는 회식을 빠진다. 오케이. 바로 납득.
나는 내 '애티튜드'를 사랑하기에, 리더로 성장할 C 대
리의 앞날을 열렬히 응원해주기로 했다.

　　밥을 깨끗이 해치우고 배를 두드리며 나왔다. 커
피를 마시려고 카페로 걸어갔다. 지금 우리 중에서도
시간이 갈수록 위로 올라가는 이와 정체하는 이가 생길
것이다. 하지만 아직 그때가 오지 않았으므로, 똑같은
컵홀더를 든 동기들과 어깨를 부딪치며 크게 웃었다.

🥣 오늘의 메뉴
철판김치볶음밥 | 돈가스 | 피클 | 깍두기

동기끼리 점심 식사

그때 과장님이~

이번 보고는~

워크숍 에서~

야, 우리 점심시간만이라도 회사 이야기 말고 딴 얘기하자

콜

오케이

근데 어제 상무님이

아니 왜 상무님은

응

그러게 말이야

내 생각엔

울 엄마는 나 애기라고 불러

당신의 김밥에 투표하세요

우선 참치김밥.

참치 기름이 주변 재료를 적시는 바람에 참치김밥은 늘 조금 헐렁하다. 젓가락으로 들어 올릴 때 내용물이 흩어지지 않게 조심해야 한다. 하지만 약간의 주의를 기울여 그 흐물거리는 김밥을 입에 넣었을 때의 기쁨은 모든 노력을 보상한다. 짭조름하고 기름진 참치가 흰밥과 촉촉하게 섞이며 자아내는 바다 내음, 그리고 뒤이어 밀려오는 단무지와 야채들의 앙상블. 참치에는 마요네즈가 들어가도 좋고 들어가지 않아도 좋다. 들어가면 고소하고 크리미한 느낌이 더해지고, 들어가지 않는다면 참치의 맛을 더 온전히 느낄 수 있다. 참치김밥에서 참치의 거대한 존재감은 어떤 상황에서도 줄어들지 않는다.

그렇다면 치즈김밥은 어떨까?

참치김밥이 참치 그리고 김밥이라면, 치즈김밥은 김밥 그리고 치즈다. 치즈김밥의 핵심은 조화로움이다. 첫 맛은 일반 김밥과 별다를 바 없다. 아삭하고 수분감 넘치는 야채, 시고 달콤한 단무지, 보드라운 햄. 그렇게 턱을 두어 번 움직이다 보면 비로소 치즈의 쫀득한 식감이 혀를 감싸온다. 여기에 치즈김밥의 묘미가 있다. 다채로운 재료들을 하나로 묶어주면서도 자기 정체성을 잃지 않는 치즈의 놀라운 능력. 그리고 모든 속 재료가 목구멍으로 넘어간 후, 입안을 맴도는 콤콤한 잔향까지.

여기에 불고기김밥이라는 복병이 등장한다면?

사실 김밥에 불고기는 좀 너무하다는 생각이 든다. 대표적인 밥도둑 불고기와 기본 재료만 들어가도 맛있는 김밥의 합체라니, 과유불급의 조합이 아닌가! 이 우려를 불식시키는 열쇠는 불고기의 간이다. 단무지가 선사하는 강렬한 짠맛을 살짝 보조하는 정도, 반찬으로 먹었더라면 아마 싱겁다는 말을 들었을 법한 있는 듯 없는 듯한 양념이 핵심이다. 그래서 정말 맛있는 것을 만나기는 쉽지 않으나, 정도를 지키는 올바른 양념과 결합했을 때 웬만한 고급 백반 못지않은 폭발력을 갖는 것이 바로 이 불고기김밥이다.

"각자 골라요."

실장님의 재촉에 제일 가까이 있는 것을 집었다. 치즈김밥이다.

"먹으면서 계속 봅시다."

실장님이 젓가락을 뜯으며 롤스크린에 턱짓을 했

다. 국물이 없어 목이 메는 걸 참으며 꾸역꾸역 김밥을
입에 넣었다.

워킹런치라는 말을 만든 사람이 누굴까? 알게 되
면 혼꾸멍을 내줘야지.

◯ 오늘의 메뉴
치즈김밥

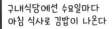

구내식당에선 수요일마다
아침 식사로 김밥이 나온다

김밥
품절됐습니다

네?

신선한 야채가 실하게 들어가 있어
인기가 많다

줄이 기네…

10분 넘게
기다렸는데
품절요?

최송합니다

애초에 한정이라고
말씀하시든가요

최송합니다
최송합니다
고객님

아침부터
진짜…

최송합니다

[엘리베이터]

마지막 말은 하지
말 걸, 왜 그랬지…
어제 잠을
잘 못 잔 데다가
감기 기운도 있어서…

내 사수는 워킹런치를 좋아하는
사람이었다

시간이
없으니까
샌드위치
먹으면서
회의하죠

사수가 어떤 말을 하고 다녔는지
모르겠지만 그날부터 나는

서글 씨는
좀...

쉿

??

전 식당에서
빨리 먹고
올게요

신입 시절 최초의 반항이었다

자기만 알고 비협조적이고 일하기
싫어하는 신입이 되어 있었다

하하,
서글 씨는
워낙 야근
싫어하
니까

...?
좋아하는
사람도
있나?

......
맘대로
하세요

그건 생각보다

괜찮은 캐릭터였다

제 일
끝냈고요

먼저 퇴근
합니다~

자기만 알고
비협조적이고
일하기 싫어하는
7년차

사수! 땡큐!

달걀프라이 때문에 꾸벅꾸벅

식판에 둥글고 예쁜 달걀프라이 두 개를 받았다. 반들 반들한 흰자 위에 작은 조약돌처럼 노른자가 웅크리고 있다. 완숙이다. 가장자리가 파삭파삭하고 기름이 많 은 걸 보니 거의 튀기듯이 부친 것 같다. 하얀 쌀밥 위 에 달걀프라이를 올렸다. 그리고 간장을 소용돌이 모 양으로 쪼르르 둘렀다. 오랜만에 회사에서 챙겨 먹는 아침이다.

구내식당의 아침 배식 시간은 정규 출근 시간 20분 전까지다. 너무 가혹하다는 생각이 든다. 신입 때만 해도 일찍 출근해서 열심히 챙겨 먹었다. 그땐 밥을 다 먹고도 시간이 남아서 화장실로 가서 이를 닦은 후 사무실을 한 바퀴 돌며 사람들에게 인사를 했다. 안녕하십니까, 안녕하십니까, 안녕하십니까. 안녕하냐는 말을 꼭 죄송하다는 말처럼 뱉던 때였다. 예의 바른 것과 주눅 든 것을 구분할 줄 모르던 시기였다. 내가 잘못해도 사과하고 남이 잘못해도 얼결에 사과했다. 이제 나는 출근 시간에 겨우 맞춰 오느라 아침을 잘 먹지 못한다. 그리고 웬만해선 먼저 사과도, 인사도 하지 않는다. 물론 팀장님께는 한다.

"안녕하세요."

휴게실에서 커피 한잔 때리다가 대회의실로 갔다. 사내 방송으로 CEO 특강을 틀어줬다. 오늘의 주제는 '위기 경영'이었다. 내가 입사하고 나서 매해 위기였으니 아마 내가 입사하기 전에도 위기였을 것이고 어쩌면 창업의 순간에도 "위기!" 하며 시작했을지도 모른다.

'위기중독자'들 같으니. 간만에 아침을 제대로 챙겨 먹었더니 포만감에 잠이 솔솔 왔다. 정신을 차리고 나니 특강이 끝나 있었다.

"서 대리 잘 자더라?"
"꿀잠 잤습니다."
없는 눈곱을 떼고 낄낄대며 답했다.

문득 지금의 나를 7년 전 신입사원이던 나에게 보여주고 싶었다. 네가 이렇게 능글맞아졌다고. 더 이상 상사의 한마디에 벌벌 떨지 않고, 결재 한 번 반려당했다고 하늘이 무너질 것처럼 걱정하는 일도 없다고. 회사 일과 내 삶을 철저히 분리해서 웬만하면 상처받지 않는 세상 쿨한 회사원이 여기 있다고. 그럼 신입사원인 내가 묻겠지. 근데 내 턱선과 허리 라인은 어디 갔냐. 주름 한 점 없던 이마와 탱탱한 뺨은. 여기서 도망치면 루저밖에 안 된다며 발버둥 치던 하루하루와 상사와의 의견 다툼 후 택시에서 추접스레 흘렸던 눈물 콧물은. 그 모든 서툴러서 싱싱했던 것들의 행방은 대체.

괜히 책상 위 물건들을 이리저리 치우다가 자리에 앉았다. 안 먹던 아침을 먹어서 그런가 별생각을 다 한다. 꼭 신입 시절이 대단히 의미 있었던 것처럼. 아름다웠던 것처럼.

🍚 오늘의 메뉴

흰밥 | 달걀프라이 | 상추겉절이 | 도시락김 | 소고기뭇국

화해는 퇴근 전에

비빔밥의 초성은 ㅂㅂㅂ

ㅣ

구내식당의 비빔밥은 한결같다. 버섯, 시금치, 무말랭이, 호박, 콩나물, 달걀프라이. 거기에 셀프로 적당량의 고추장과 참기름을 얹으면 완성이다. 딱히 맛있지는 않지만 맛없기도 힘든 조합이라 끌리는 메뉴가 없을 때 종종 선택한다. 사실 오늘은 안동찜닭이 더 먹고 싶었는데 시간이 없어서 대기 줄이 제일 짧은 비빔밥을 골랐다. 30분 안에 먹고 빨리 사무실로 돌아가야 하기 때문이다. '미니올림픽'을 하는 날이라 점심시간이 반토막 났다.

　'미니올림픽'은 한 달에 한 번 부서의 모든 팀이 모여 게임을 하는 행사다. 조직 문화를 위한 거라는데 점심시간까지 깎아가며 만들고 싶은 문화의 정체를 잘 모르겠다. 하여튼 밥을 일찍 먹고 팀원들과 미리 공지 된 장소인 대회의실로 갔다. 오늘 종목은 영화 초성 퀴 즈. 'ㅈㅋ'를 보고 〈조커〉를 맞추는 게임이다. 영화는 잘 몰라서 누군가가 알아서 하겠지 생각하며 멍하니 있었다. 그러다 팀장님과 눈이 마주쳤다.

　"서 대리가 하면 되겠다. 국문과잖아!"
　"그래 국문과였지, 전공자가 있었네!"

　나는 국문과가 아니라 국어교육과를 나왔고 지금 은 국어와도 교육과도 무관한 직종에서 일하고 있다. 당연한 얘기지만 국문과든 국어교육과든 초성 퀴즈와 는 상관이 없다. 초성 퀴즈 교육론 같은 수업은 없단 말이다.

하지만 결국 나갔다. 'ㅂㅁㄱㅇㅅㅇㅇㄷ'와 'ㄱㄹ
ㅂㅌ' 두 개를 맞혔다.

　팀원들의 박수를 받으며 들어오는데 대학 시절이
주마등처럼 머릿속을 스쳐 지나갔다. 밤새워 과제했던
현대소설교육론, 참고 서적 수십 권을 끌어안고 도서
관에 살았던 음운교육론, 조별 과제 때문에 피 터지게
싸웠던 고전시가교육론이 떠올랐다. 초성 퀴즈에 나가
려고 그 고생을 한 게 아니다. 교생실습을 나가 사춘기
여중생들의 비위를 맞추려고 알지도 못하는 아이돌 그
룹의 팬인 척했던 일과 임용시험 준비를 하겠다며 처
음 노량진에 갔다가 육교 아래서 울먹였던 밤이 생각
났다. 〈박물관이 살아있다〉와 〈그래비티〉를 맞히려고
그렇게 치열하게 공부했던 게 아니었다.

　그럼 뭐 때문이었을까? 장학금을 받기 위해서?
좋은 성적을 받고 좋은 직장을 잡아 안정된 수입을 얻
기 위해서?

　그렇게 보면 결국 돈을 위해 공부한 셈이다. 회사

에서 초성 퀴즈에 동원된 것도 돈을 버는 일이다. 나는 방금 내 전공을 활용하여 밥벌이를 했다. 부끄러울 일도 참담할 일도 아니다.

◯ 오늘의 메뉴

비빔밥+달걀프라이 | 오이냉국 | 진미채볶음 | 콩자반

입사 직후에 제일 많이 들은 말은

국어교육과
나왔는데
선생님 안 하고
왜 회사
왔어요?

맛있게
드세요

감사
합니다

하하

적성에
안
맞아서요

행운의 쌍란♡

잘 알아둬라
과거의 나

♪

밥 벌어먹는 일이 적성에
맞는 사람은 없어

떨어져

-퇴근길-

……

로또 명당

1등
2회

2등
5회

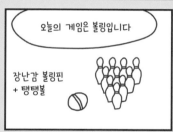

못 함

생일 기념 떡볶이

집을 나서면서 핸드폰을 확인하니 쇼핑몰 몇 군데로부터 생일 축하 쿠폰이 와 있었다. 버스에서 엄마와 통화를 하고 메시지와 기프티콘 몇 개에 답장을 했다. 회사에 도착하니 먼저 출근한 동료들이 생일을 축하해줬다. 퇴근하고 뭐 하냐고 묻는 이들에게 팔을 양껏 뻗어 옷을 보여줬다. 품이 큰 티셔츠에 와이드 밴딩데님.

"오늘도 야근이야?"

"네."

"아이고."

진행하는 프로젝트의 CEO 보고가 일주일 뒤였다. 내가 일하는 곳은 '선행 기획 파트'로 신사업이나 신규 아이템의 초기 아이디어를 제안하는 곳이다. 직접적인 매출을 내는 부서가 아니다 보니 성과 측정 지표가 좀 모호한데, 개중에서도 확실하게 성과로 인정되는 것이 바로 CEO 보고다. 이번에 내가 투입된 프로젝트가 드디어 CEO가 참석하는 회의에 올라가게 되었다. 올해 CEO 보고를 한 건도 성사시키지 못한 우리 부서 입장에서는 특히 중요한 자리였다. 센터장님, 실장님, 팀장님의 기대가 모여 매일 토할 것 같은 피드백으로 돌아왔다.

프로젝트 리더인 T 과장이 실장님 방에서 나오더니, 차마 올 수가 없어 마지못해 웃는 얼굴로 나를 불렀다.

"이따 2시부터 리뷰."

"넵."

블루라이트 차단 안경을 추켜올리며 대답했다.

처음에는 조금 우쭐한 마음도 있었다. 내가 몸담은 프로젝트가 좋은 반응을 얻으니 당연한 일이었다. 하지만 날마다 달달 볶이며 보고서의 첫 글자부터 끝 글자까지 뜯어고치는 일을 반복하다 보니 진이 빠져버렸다. 하도 수정을 한 탓에 이제는 애초에 하고 싶은 말이 뭐였는지 기억이 나질 않았다. 점심을 먹고 잠깐 휴게실에서 팀원들과 생일 파티를 하며 초콜릿케이크를 나눠 먹었다.

2시에 시작된 보고서 리뷰는 7시에 끝났다. 구내식당의 저녁 배식이 끝난 시간. T 과장과 나는 밖에 나가서 떡볶이를 사 먹었다. 해가 길어서 회사로 돌아오는 길에도 하늘이 환했다.

"끝나면 우리 맛있는 거 먹자. 실장님 비용으로 비싼 거."

T 과장은 현명한 사람이라 내게 미안하다는 말은 하지 않았다. 다행이었다. 그 말을 들었다면 속상할 뻔했다. 생일이 뭐라고. 살아 있는 한 매년 돌아오는 거.

◯ **오늘의 메뉴**

떡볶이

입사하고 첫 생일은

휴가를 한없이 낼 수가 없어서
대상포진이 다 낫지 않은 채로 출근

-휴게실-

서글 씨

대상포진에 걸려 침대에서 보냈다

사수
↓

아프면
의무실 가요
여기서
이러고
있지 말고

사람들이
내가
서글 씨
힘들게
하는 줄
알잖아요

고대했던 여름휴가도 함께 날아갔다

자기 관리도
능력이에요

알겠습니다

울면
지는 거야…

그럼 난
이미 패배자!!

꼭 그렇게
말해야
했을까

7년
전인데도
서럽네

맛있는 떡볶이

세탁 후에도 얼룩 제거 실패

안타깝지만 이제 잠옷으로 용도를 변경한다

그때 실장님이~

앗

뿌

구욱

구욱

흰옷인데 어떻게 해

괜찮아요 하하

고양이 발톱 구멍

얼룩

커피 얼룩

김치 국물

해장국 얼룩

겨드랑이 착색

짜장 얼룩

잠옷 부자네

으아아 더 커진다

하하하

뭐라도 부자인 게 어디야

긍정왕

푸른 하늘 칼국수

|

오랜만에 미세먼지 '좋음'이 뜬 날이었다. 하늘은 푸르고, 덥지도 춥지도 않은 날씨에, 마침 토요일이고, 나는 회사에 가야 한다. 젠장.

　　출근길 지하철이 텅텅 비어 이루 말할 수 없이 쾌적했다. 십수 년을 2호선과 만나왔는데 오늘따라 그 모습이 너무 낯설어서 새로운 도시에 온 기분이었다. 회사 부근에 도착해서 한적하기 그지없는 카페에 들러

케일과 사과가 섞인 디톡스주스를 샀다. 커리어우먼
기분이라도 내보려고. 디톡스주스와 커리어와 우먼이
무슨 상관인지는 비밀.

사무실에 들어서자 먼저 출근한 과장님이 트레이
닝복 차림으로 앉아 있었다. 따로 복장 규정이 없어서
평소에도 편하게 입지만, 주말 특근을 하는 날에는 최
선을 다해 더 후줄근하게 입고 싶어진다. 나도 소매가
해진 후드티와 고무줄 바지를 입고 왔다. 동네 백수 같
은 차림으로 사무실에 앉아 있으면 왠지 회사에 복수
하는 기분이 든다. 과장님께 꾸벅 인사를 했다.

프로젝트 보고가 월요일인데 도저히 시간을 맞
출 수가 없어서 회사에 나왔다. 두 개의 약속과 한 개
의 결혼식이 날아갔다. 계획대로라면 해방촌 브런치
카페에서 포크를 까닥거릴 시간인데 누렇게 손때 묻
은 키보드만 두드리고 있었다. 눈알이 뽑힐 것 같은
데이터 작업을 오전까지 마쳐야 했다. 엑셀이 없었다
면 어떻게 일했을까 감사할 때가 많지만 가끔은 개발
한 사람을 죽여버리고 싶다. 오늘은 후자였다. 데이터

어딘가에서 오류가 나는 바람에 수식을 걸어도 몽땅 '#VALUE!'만 떴다. 고통 속에서 오전을 보냈다.

"뭐 먹을래?"

과장님이 물었다. 크게 의미 없는 질문이었다. 주말에는 구내식당을 운영하지 않기 때문에 회사 근처의 지정된 식당에서 법인카드를 사용하고 영수증을 내야 했다. 문제는 지정 식당이 갈수록 줄어든다는 점이었다. 처음 예닐곱 군데였던 것이 지금은 두 군데밖에 남지 않았다. 김치찌개 아니면 칼국수.

"칼국수요."

사골 국물에 다진 고기를 넣은 안동국시 스타일의 국수. 나름 동네의 맛집으로 검색되는 가게다. 국물은 슴슴하고 담백한 편이고, 면은 중면을 사용한다. 이것만으로는 존재감이 약하다고 볼 수 있는데, 승부수는 겉절이다. 수분이 꽉 들어찬 어린 배춧잎에 고춧가루 양념이 버무려진 이 겉절이는 무슨 비법이 숨겨져 있는지 유달리 상큼하고 달달했다. 다만 다진 마늘이 많이 들어가 있어 평일에는 냄새 걱정에 양껏 집어먹질 못하는데, 오늘은 뇌를 마늘에 절여버릴 작정으로 두 번이나 리필해 먹었다.

지하에 있는 칼국수집에서 지상으로 나오니 눈이 아프도록 명도 높은 하늘이 펼쳐져 있었다. 컴퓨터 배경 화면으로 해놓고 싶은 하늘과 구름이었다. 우리는 가게 앞에 서서 홀린 듯이 위를 쳐다봤다. 슬슬 목이 뻐근해지려고 하자 과장님이 말했다.

"오늘 빡세게 끝내고 제발 내일은 나오지 말자."

말끝에서 마늘 냄새가 났다. 나는 잠시 울고 싶어졌다. 과장님은 새벽 1시가 됐든 2시가 됐든 오늘 모든 일을 끝내고 내일은 절대 나오지 않겠다는 각오를 세운 것이다. 코딱지가 좋냐, 방귀가 좋냐 급의 선택지이기는 하지만 나는 하루 무리하고 하루 쉬는 것보다는 이틀로 나누어 적당히 일하는 걸 선호한다. 하지만 과장님의 스타일을 따라야겠지. 긴 하루가 될 것 같다.

푸른 하늘을 뒤로 하고 회사 방향으로 몸을 돌렸다. 신발 밑창에 접착제가 붙은 것처럼 발이 잘 떨어지지 않았다. 특근수당을 받으면 청재킷을 사겠다고 생각하며 애써 마음을 달랬다. 근데 청재킷을 사면 무얼 하나? 기껏해야 회사에나 입고 오겠지. 이대로 정류장까지 쭈욱 걸어서 집에 가는 버스를 타고 싶어졌다.

🍚 **오늘의 메뉴**

사골칼국수 | 배추겉절이

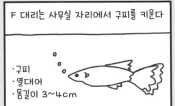

F 대리는 사무실 자리에서 구피를 키운다

· 구피
· 열대어
· 몸길이 3~4cm

인간으로 비유하자면, 지구라는 수조에

F 대리님
저 토요일 특근인데
구피 먹이
제가 줄까요?

와
너무 좋죠

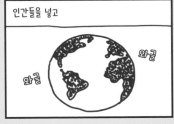

인간들을 넣고

와글

와글

근데 평소
주말엔 밥
어떻게 줘요?

일단 금요일 퇴근 때
많이 주고요

먹을 걸 주지 않는다

NO 햇빛
NO 식물
NO 동물

냠

냠

으악

여차하면
서로 잡아
먹더라고요

충격

안 돼엣!!

하하 감정
이입은 적당히

주말 특근 중

저 먼저 갑니다~

넵 저도 곧!

아 여보세요?

김 과장님!

사무실에 나밖에 없네

억

아 구피

구피가 있었구나

척!

구피가 있었어…

억쓰ㅇㅇㅇ

죄송

손끝이 스치던 날의 카레

어제 남자에게 차이고 오늘 출근했다.

　　점심 메뉴는 제육볶음과 카레였다. 난 단체 급식
에서 나오는 형체 없이 뭉크러진 제육볶음을 아주 싫
어한다. 그래도 먹었다. 아주 꾸역꾸역 삼켰다. 카레는
차마 먹을 수가 없었다. 그 사람과 첫 데이트 때 먹었
던 음식이었으므로.

나는 버섯을, 그 사람은 날달걀과 마늘플레이크를 토핑으로 추가했다. 무슨 맛이었는지는 잘 생각나지 않는다. 다만 기억나는 것은, 그가 수저를 놓아주던 중에 서로의 손가락이 스쳤던 감각. 까슬했지, 따뜻했고. 이제 와서 그 감촉이 선연해서 죽을 것 같았다.

　밥을 먹고 혼자 회사 근처 공원으로 산책을 나왔다. 걷는 걸음마다 누가 들러붙어서 귓가에 속삭이고 있는 것 같았다. '그 사람은 이제 널 사랑하지 않아.' 어디를 봐도 이 문장이 적혀 있는 것 같았다. '그 사람은 이제 널 사랑하지 않아.' 방금 다운로드 받은 파일 이름이 뭐였더라? '그 사람은 이제 널 사랑하지 않아.' 팀장님이 메시지 보내셨네. '그 사람은 이제 널 사랑하지 않아.' 30분이면 끝날 일을 두 시간 동안 붙잡고 있다가 야근을 했다. 녹초가 되어 집에 왔다. 조금 울다 피곤해져 잠들었다. 하필 그 사람에게 다시 차이는 꿈을 꿔서 새벽을 뜬눈으로 지새웠다.

　인생 최초의 실연은 방학 때여서 일주일을 방 안에만 누워 있었다. 생각해보면 마음껏 슬퍼할 수 있어서 충만했던 시간이었다. 이제 나는 밤새 잠을 설치고 새벽 내내 울더라도 아무렇지 않은 표정으로 출근을 해야 한다. 사랑을 잃었다고 직장까지 잃을 수는 없었다. 퀭한 눈으로 출근을 했더니 사람들이 어디 아프냐고 물어왔다. 회사 사람들의 공연한 관심이 싫어서 남자친구가 있다는 것도 말한 적 없는데, 헤어졌다는 얘기를 꺼낼 수는 없었다. 대충 몸살 기운이 있다고 둘러댔다. 점심시간에는 아예 식사를 거르고 지하 수면실로 내려왔다. 어둡고 건조한 그곳에서 몸을 새우처럼 구부리고 누웠다.

몇 번의 이별을 겪고서 깨달은 게 있다. 헤어진 직후는 최악이 아니다. 최악은 조금 느리게 찾아온다. 그런데 벌써 이렇게 힘들다니 앞으로 어떻게 되려는 걸까? 아직 찾아오지 않은 슬픔의 절정이 무서워서 숨을 죽인다. 옆자리에서 잠든 이의 코골이 소리가 들린다.

◯ 그날의 메뉴
버섯카레라이스 | 배추김치 | 단무지

사귀던 사람은 대학원생이었다

그런데 부장님이 너무 말도 안 되는 얘길 하시는 거야

어

잠깐만

그걸 또 실장님이 아시고~

-휴게실-

디펜스 성공인 거야? 응?

아직 몰라? 응…

아, 계산은 내가 할게

그래서 결국에 부장님이

오늘 회식 있다고 내가 말했잖아

이게 말이 되는 소리야? 진짜 너무 이상하지 않아?

……

왜 한숨 쉬어?

다시, 카레

스트라이프 육개장

‘아, 오늘 왠지 이 옷을 입으면 안 될 것 같더라니.’

    사무실에 들어가 자리에 앉으면서 먼저 출근한 사람들과 인사를 나누다가 깨달았다. F 과장이 나와 같은 옷을 입었다. 네이비 바탕에 흰 줄이 들어간 스트라이프 티. 진청색 바지를 받쳐 입은 것까지 똑같다. 이맘때쯤 번화가에 5분만 서 있어도 열 사람은 입고 지나갈 무난한 패션이지만 좁디좁은 사무실에서, 한 팀에

같은 프로젝트를 하고 있는 두 명이 동일 패턴의 옷을 입고 온 것은 흔한 일이 아니다. 애써 F 과장의 옷과 내 옷의 차이점을 찾아보았다. 재질이 다르고, 흰색 줄무늬의 폭도 좀 다르고, 소매 부분 모양새도 다르고, 기장도 내 것이 좀 더 짧네. 이쯤 되면 조금은 다른 옷이라고 할 수 있지 않을까?

"커플룩이네."
"나란히 서면 줄이 이어져 보여."
"기념으로 사진 찍어줄게."

옆에서 F 과장이 이를 악물고 웃고 있는 게 보였다. 나도 입 안쪽 살을 씹으며 부들부들 웃었다.

한두 번 있는 일은 아니다. 나는 세상 둘도 없는 패션계의 '무나니스트'이자, 투머치 놈코어룩을 즐기는 '레이트 어답터'다. 보통은 검정 슬랙스나 레귤러핏 청바지, 아이보리색 맨투맨 등 기본템을 주구장창 돌려입고, 어쩌다 나름 과감한 쇼핑을 해도 그 대상은 작년 시즌쯤 패션피플들이 입기 시작해서 올해 들어 너

도나도 걸치는 보편적인 아이템으로 한정된다. 이 경향은 회사를 다니기 시작하면서부터 특히 심해졌는데, 신입 때 물망초 무늬 니트를 입고 왔다가 하루 종일 할머니 옷이냐는 질문을 받은 후로 더욱 그렇게 되었다. 이렇듯 어느 무리에 섞여놔도 눈에 띄지 않는 내 옷은 그 평범함과 범용성으로 인해 많은 이들과 겹치곤 했다. 그래서 주변 사람들의 옷을 유심히 살피는 버릇이 생겼다. 누가 내 옷장 속 옷과 비슷한 걸 입으면 기억해놨다가 그 다음 날이나 다다음 날 입으면 겹치는 걸 피할 수 있다. 하지만 오늘은 계절이 바뀌고 처음 긴팔을 입은 날이라 별생각 없이 잡히는 대로 걸쳤는데, 설마 이럴 줄이야.

"아, 육개장?"
"네. 육개장……."

F 과장이 팔짱을 끼며 옷의 스트라이프 무늬를 최대한 가렸다. 점심시간, 구내식당 네 개의 메뉴 중에서 하필 육개장을 선택한 우리는 나란히 서서 배식을 기다렸고 나란히 앉아 밥을 먹었다. 육개장에서는 라면

스프 맛이 났고 고사리가 너무 많아 고사리탕으로 이름을 바꿔도 될 것 같았다. 우리는 엄마에게 혼난 쌍둥이처럼 불퉁한 얼굴로 허겁지겁 수저질을 했고, 오후에는 실수로라도 같이 다니지 않으려 각자의 자리에서 맡은 일에 주력했다. 특히 화장실 가는 타이밍이 겹치지 않도록 방광 상태에 신경을 쓰느라 힘들었다. 어쩐지 야근을 한 것만큼 피곤했던 하루를 보내고, 집으로 돌아오자마자 옷장을 열어 내일 입을 옷을 골랐다. 그 누구와도 겹치지 않겠다는 각오로 회심의 코디를 완성했다. 부산 국제시장 구제 옷 가게에서 산 펀칭칼라블라우스와 오렌지색과 살구색이 교차된 트위드스커트. 만약 이마저도 비슷하게 입은 사람이 나타난다면 그이가 나의 영혼의 짝이나 전생의 인연이 아닌지 진지하게 고민해봐야 한다고 본다.

◯ 오늘의 메뉴
육개장 | 현미밥 | 버섯볶음 | 두부양념조림 | 컬리플라워+초장

서글의 옷장을 소개합니다

바지는 모두 밴딩바지

오래 앉아 있다 보니 배가 나와서요

이거 봤어요?

아이돌 멤버가 공항에서 생활한복을 입었대요

상의는 무조건 레귤러핏 이상! 크롭티는 금물! 일하면서 틈틈이 스트레칭을 해줘야 하니까요

이 사이트에서 파는데

승복 파는 곳이네?

회사에서 입는 옷 말고 주말 옷도 소개해 주세요

여름옷은 원피스가 많은데요~ 위아래 한 번에 입을 수 있어서요

힙한데요?

옷이 얼굴빨 받는 거 아닐까요?

편해 보인다

아니, 진짜 괜찮아 보여

없어요

없어요?

… 잠옷?

서 대리가 회사에 입고 와봐. 그럼 나도 입고 올게

에이 과장님 먼저

아니 서 대리 먼저

장유유서

비~밀!

회장님표 갈비탕

출근하는데 회사 로비가 분주했다. 어제 기획팀이 보낸 이메일이 떠올랐다. 10시부터 12시 사이에 괜히 돌아다니지 말고 제자리에 딱 붙어 있으라는 내용이었다. 그 시간에 그룹사 회장님과 사장단의 단체 방문이 있다고 했다. 엘리베이터 거울에 기대어 눈곱을 떼며 생각했다. 그렇다면 분명, 오늘 구내식당 점심은 특식이다.

갑자기 기분이 좋아졌다.

우리 회사 구내식당의 브이아이피룸은 입구부터 분리되어 있기 때문에 회장님이 직원들의 식단을 볼 확률은 낮다. 그럼에도 왜인지 회장님이 방문할 때마다 특식이 나왔다. 이건 아마도 회장님 방문에 대한 조건반사적인 호감을 심어주기 위함일 것이다.

전제 1. 회장님이 방문하면 특식이 나온다.
전제 2. 특식은 맛있다.
전제 3. 맛있는 걸 먹으면 행복하다.
결론. 회장님이 방문하면 행복하다.

자리에 앉자마자 인트라넷에 접속해서 오늘의 메뉴부터 확인했다. 갈비탕, 수제돈가스, 치즈오븐스파게티. 과연 평소와 다르다. 동료들이 출근할 때마다 붙잡고 점심 메뉴 이야기를 했다. "오늘 특식이래요." "뭐 드실 거예요?" 흥분해서 침이 튀었다. 동료들이 물었다. "서 대리는?" 근래에 이렇게 심각하게 고민한 적이 있었던가.

"전, 갈비탕이요!"

큼직한 뼈다귀 두 점이 올라간 갈비탕이었다. 숟가락으로 기름이 둥둥 뜬 누르스름한 국물을 먼저 떠 올렸다. 입술 주변이 번들번들해질 수 있으니 주둥이를 쭈욱 내밀어 꼴딱 삼켰다. 혀와 식도가 환호성을 지르는 듯했다. 기름! 너무! 좋아! 이제 흑미가 섞여 얼룩덜룩한 밥을 담뿍 떠서 혀에 올리고, 시간차공격으로 뼈에 붙은 살코기를 뚝 끊어 입에 넣을 차례. 촉촉하고 야들야들한 살점이 물 흐르듯이 매끄럽게 목구멍을 넘어갔다. 보드랍게, 한없이 보드랍게, 솜사탕처럼 갈빗살이 위장에 내려앉았다. 느껴질 듯 말 듯 코끝을 스치는 풋풋한 대파 향과 알싸한 후추 향. 좋아, 오늘의 갈비탕은 브이아이피다. 베리, 임폴턴트, 피…… 피스. 마음의 평화.

점심을 다 먹고 줄을 서서 엘리베이터를 기다리는데 주변이 술렁거렸다. 회장님이 식사를 마치고 나오고 계셨다. 혹시 눈이라도 마주칠까 봐 몸을 돌리고 어깨를 옹송그렸다. 언뜻 시야에 스친 회장님은 그냥 양복 입은 동네 할아버지 같아 보였다. 마음속으로 인사를 했다. 오늘 갈비탕 잘 먹었습니다. 앞으로도 건강하시고 뉴스에 나쁜 일로는 나오시지 않기를 빌게요. 성과급 좀 많이 주세요. 땡큐, 땡큐.

◒ 오늘의 메뉴

갈비탕 | 흑미밥 | 도토리묵무침 | 마늘쫑볶음 | 깍두기

브이아이피 식당 예약을 한 적이 있다

이번에 전무님 손님 오시는데 서 대리가 어레인지 해줘요

네

브이아이피 대기실 비치용 다과도 준비

음료는 골랐고 과자를 사볼까

서 대리, 자리 배치 했어요?

뭐요?

잠깐 봐요

식사 인원 확인
스케줄 조정
메뉴 선정
비용 처리

네 조각에 3천 원인 고오급 과자

막 사, 막

어차피 법인카드지롱~

원래대로라면 A 님이 상석인데 B 님과 사이가 안 좋으시니까 좀 떨어진 자리로 앉히고 C 님은 D 님이랑 또 사이가 나쁘고

으어어

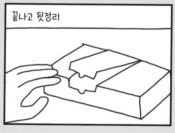

끝나고 뒷정리

다들 유치원을 안 나오신 걸까요?

모니터 봐요

네

하나 남았다!!

행

복

팬＊이 잘못했네

반쯤 잔치국수인 맛

서랍에 저장해둔 초콜릿을 허겁지겁 꺼내 먹었다. 배고파서 빙글빙글 돌던 세상이 그제야 제자리를 찾았다. 오후 5시 30분. 30분만 지나면 구내식당의 배식이 시작될 것이다. 오늘은 팀 전체가 야근이다.

메뉴는 잔치국수와 청국장이다. 청국장을 못 먹기 때문에 선택의 여지없이 잔치국수 줄에 섰다. 단체 급식을 하는 곳이 모두 그런지는 모르겠지만 이곳에선

면과 국물을 따로 두고 배식할 때 섞어준다. 퉁퉁 불은 것보다야 낫지만 면발에 국물이 충분히 스미지 못해 영 싱겁다. 그나마 계란지단과 김가루, 잘게 썬 김치 등의 고명이 있어서 겨우 간간하게 먹는다. 맛이 있는 둥 마는 둥 했지만 호록호록 바닥의 국물까지 다 마셨다. 먹어야 늦게까지 일을 할 수 있다.

"우리 오늘 몇 시에 집에 갈 수 있을까요?"

청국장에 말은 밥을 입에 넣으며 팀원이 말했다. 물음표를 달았지만 궁금해서 물어보는 것이 아님을 모두가 알고 있었다. 8시, 9시, 10시. 제각기 퇴근 희망 시간을 답했다.

밥을 먹고 바로 의자에 앉으니 소화가 잘 안되는 느낌이었다. 속이 더부룩했다. 방귀도 나온다. 몰래 뀌다가 안 되겠어서 화장실에 다녀오는데 엄마에게서 전화가 왔다.

"집이야?"

"아니. 아직 퇴근 못 했어."

"고생하네."

"엄마가 회사에 전화해서 나 야근시키지 말라고 좀 말해줘."

엄마가 깔깔 웃었다. 옆에서 듣다가 전화를 바꿔 받은 아빠는 안절부절못하는 말투로 일이 많을 때가 좋은 거라고 말했다. 야근이 싫다는 이유로 내일이라도 직장을 때려치울까 봐 걱정이 되시는 모양이다. 자리로 돌아오는 길에 은행 어플에 접속해 남은 주택 대출금을 확인했다. 금방 갚을 수 있다, 27년만 더 일하면. 내친김에 홈 CCTV 어플도 켰다. 이불에서 자고 있는 고양이 두 마리가 보였다. 웅크린 모습이 마치 똥 같았다. 잠깐 웃었다.

밤 10시를 넘겨도 일이 끝나질 않았다. 가슴이 답답하고 자꾸 트림이 나왔다. 트림을 할 때마다 입안에 잔치국수의 뒷맛이 찝찝하게 번졌다. 소면, 간장 양념, 김치 고명의 군내 같은 것들. 문득, 이제 잔치국수라고 하면 엄마가 만들어준 것보다 이 반쯤 소화된 구내식당의 국수 맛이 먼저 떠오를 것 같다는 생각이 들었다.
그건 살짝 무서운 예감이었다.

⬤ 오늘의 메뉴

잔치국수 | 브로콜리+초장

야근을 하고 집에 돌아오면

야식을 먹을 수밖에 없다면

저칼로리로 먹자!

←곤약국수

야식을 먹는다

호록

사실 배가 고픈 건 아닌데

?!

입에 넣고, 씹고, 삼키는 일만은
내 마음대로 할 수 있어서

어디 갔지?

보통 무슨 얘기하나요?

누룽지샐러드라니요

회사 연수원 구내식당에는 '입맛코너'라는 자율 배식 코너가 있다. 4박 5일의 연수 중 마지막 식사인 오늘 점심에는 누룽지샐러드가 나왔다. 급식, 학식, 회식까지 도합 23년 만에 처음 본 메뉴였다. 실물을 가만히 들여다봤더니 쌀강정 같기도 하고 라면땅 같기도 한 노란색 누룽지 뭉치가 요구르트드레싱에 덮여 통조림 파인애플, 통조림 옥수수와 뒤섞여 있었다. 뭘까, 이건. 오랜만에 맛을 상상할 수 없는 음식을 만났다.

일단 조금 퍼서 가져와봤다. 평소 먹는 것에 있어 모험을 두려워하지 않는 성격이지만, 정말이지 좀처럼 젓가락이 가지 않는 비주얼이었다. 함께 식탁에 둘러앉은 동료들도 생전 처음 만나는 조합의 음식이라며 놀라움을 감추지 못했다.

오늘의 메인 메뉴인 동태찌개와 소고기장조림을 다 먹어치우고 잔반을 국그릇에 모으다가 그래도 맛은 보자 싶어서 누룽지 한 조각을 집어 들었다. 코에 갖다 대니 달큰한 파인애플 향과 요구르트 향, 구수한 누룽지 향이 섞여 났다. 후각 정보를 받아들인 뇌가 먹지 말라는 맹렬한 신호를 보냈다. 일단 무시하고 앞니로 한 입 베어 물었다. 달달한 드레싱에 흠뻑 젖은 축축한 누룽지가 물컹하게 씹히며 이에 쩍쩍 들러붙었다. 동료들에게 먹지 말라고 말해줬다. 하지만 샐러드를 퍼온 이는 나뿐이었다. 식당을 나와서 아이스크림 내기 가위바위보를 했다. 다행히 걸리지 않았다. 녹차아이스크림으로 입안에 남은 누룽지샐러드의 뒷맛을 닦았다.

점심식사 이후의 일정은 단출했다. 근무 의욕을

고취시키는 영상들을 보고 우수 활동 팀이 발표를 한 다음 수료식을 했다. 연수 기간 내내 같은 방을 쓰고 같은 팀으로 활동했던 A 대리와 인사를 나눴다. "저희 나중에 밥 한번 꼭 같이 해요." "언제 공덕역 오시면 연락 주세요." 실현될 확률이 한없이 낮은 약속인 줄 알면서도 우리는 웃으며 고개를 끄덕였다. 분명 서로 즐겁고 친밀한 시간을 보냈지만, 일부러 시간을 내서 약속을 잡을 만큼 친하지는 않은 사람과 헤어질 때는 어떻게 해야 하는지 누가 가르쳐줬으면 좋겠다고 생각했다.

이번 연수는 전 계열사가 모인 과장 진급 과정이었다. 하지만 우리 회사는 직급 체계가 달라져서 진급과는 딱히 상관없는 연수가 되어버렸다. 평화롭고 조금 시시했던 시간이었다. 돌아오는 버스 안에서 내내 졸았다.

🍚 오늘의 메뉴

잡곡밥 | 동태찌개 | 소고기계란장조림 | 마늘쫑볶음 | 배추겉절이 | 누룽지샐러드

-연수 중 쉬는 시간-

아빠, 전화 하셨어요?

저 회사 연수 왔어요

자자, 다들 일어나시고! 이 퀴즈 맞히시면 칭찬스티커 세 장 드립니다

아~ 연수 갔구나 그런 데 가서는

에휴... 다 큰 어른들한테 칭찬스티커가 웬 말이냐

쉬는 시간이나 많이 주세요~

그냥 졸면 돼

세계에서 제일 폭력배가 많은 나라는?

칠레!! 칠레요!!

저!! 스티커!! 세 개!! 주세요!!

네 일도 내 일이 되는 기적의 일주일

또라이들의 명란크림우동

약속 장소는 회사 근처의 퓨전 레스토랑이었다. 미팅이 길어져 늦게 도착했더니 B 대리와 다른 동료 한 명이 이미 자리에 앉아 있었다. 인사도 하기 전에 명란크림우동부터 찾았더니 이미 시켰다는 말이 돌아왔다.

명란크림우동은 이 가게의 대표 메뉴다. 직접 뽑아 쫀득하게 삶은 생면과 짭짤한 명란소스의 조화가 일품이다. 소스에 들어간 각종 버섯은 다채로운 향과

씹는 맛 담당. 송송 뿌려진 쪽파는 크림의 느끼함을 잡아준다. 토핑으로 새우튀김 추가는 필수. 커다랗고 통통한 새우를 한 면만 소스에 살짝 담갔다가 꺼내 먹으면 촉촉하면서도 바삭한 식감을 동시에 즐길 수 있다. 떠올리는 것만으로도 침이 꼴깍꼴깍 넘어가는 맛. 십여 분이 지나 기다리던 메뉴가 나왔다. 하던 이야기를 멈추고 모두 서둘러 젓가락을 들었다.

친한 사람 셋만 모여 조촐하게 마련한 환송회 자리였다. B 대리가 이번 달까지만 일을 하고 함부르크로 유학을 떠나게 되었다. 면발을 후루룩 입에 넣으며 B 대리는 이놈의 회사는 퇴사 절차까지 까다롭다며 질린 표정을 지었다. 나는 먹는 데 집중하면서 건성으로 고개를 끄덕였다.

"징따 따등난다니까여."
"웅웅. 마자."

쉼 없이 젓가락질을 하는 B 대리의 손톱에서 큐빅이 반짝거렸다. 그 영롱함을 보니 그녀가 업무 평가 철에 팀장님의 면담 요청을 네일샵 예약을 이유로 거절해버렸던 일이 떠올랐다. 두고두고 회자되는 전설 중 하나였다. 그 밖에 여름휴가에 연차 15일을 붙여 한 달간 유럽으로 날라버렸다거나, 고깃집에서 모두 삼겹살을 먹고 있는데 자기 테이블에만 한우갈빗살을 주문했다거나, 킬힐에 미니스커트를 입고 복사물을 나르다가 회의실 앞에서 넘어졌다거나…… B 대리를 둘러싼 전설은 그녀의 짧은 재직 기간 대비 그 양이 방대했다.

금세 접시가 바닥을 드러냈다. 먹고 나서는 딱히 할 말이 없어서 서로 눈치만 봤다. 만나면 늘 회사 욕을 하느라 시간이 모자랐는데 정작 회사가 싫어서 떠난다는 사람을 앞에 두니 이제 무슨 말을 해야 할지 알 수 없었다. 뚝뚝 끊어지는 대화를 하다가 각자 핸드폰을 조금 들여다보고 자리에서 일어났다. 헤어지며 인사를 하는 B 대리의 얼굴이 밝았다.

그녀는 우리 부서 대표 '또라이'였고 은근히 따돌림을 당했다. 나는 비음이 섞인 B 대리 특유의 목소리를 흉내 내며 뒷담화하는 사람을 여럿 보았다. 그녀의 말이, 행동이, 옷차림이, 인스타그램에 올린 사진 한 장 한 장이 가십이 되어 사람들의 입에 오르내렸다. 사실 나도 그런 자리에 종종 함께 있었다. 동조하고 같이 웃었다. 고백하자면 그래서 B 대리를 좋아했다. 더 정확히는 그녀가 우리 부서에 있는 걸 좋아했다. B 대리의 여러 '또라이짓' 덕분에 나의 소소한 반사회적 행동이 묻힐 수 있었기 때문이다. 이제 그녀가 퇴사하면 방패가 사라진다. 그럼 내가 제일 '또라이'로 등극할지도 모른다. 그게 두려웠다.

집으로 가는 길에 메신저 앱을 켜서 B 대리의 프로필 사진을 구경했다. 스튜디오에서 찍은 사진이었는데 노출이 심한 옷을 입었다며 사람들이 흉보는 것을 들은 적이 있다. 메시지 버튼을 눌러 오늘 즐거웠다고, 잘 들어가라고 쓰다가 그냥 지웠다.

◯ 오늘의 메뉴
명란크림우동 | 포크치즈프라이 | 가라아게

웰컴드링크를 좋아하는
개미의 덫

유리잔에 장밋빛의 영롱한 액체와 얼음, 그리고 개미
가 담겨 있다. 붉은 개미가 빠져나오려고 필사적으로
허우적대는 모습을 가만히 내려다본다. 인도네시아 자
카르타의 한 가정집 소파. 웰컴드링크를 양손으로 꼬
옥 쥐고 마실 생각 없이 들여다보기만 하는 나에게 히
잡을 두른 집주인이 뭐라고 말을 건넸다. 알아들을 수
없지만 눈치껏 왜 안 먹느냐는 말인 것 같다. 고개를
들어 애매하게 웃어 보인다.

홈 비짓home visit, 번역하자면 '가정방문'은 소비자의 집에 방문하여 제품이나 서비스를 이용하는 모습을 관찰하고 인터뷰하는 조사 방법이다. 이번 타깃 시장이 동남아시아여서 인도네시아 자카르타로 홈 비짓을 오게 됐다. 공항에 내리자마자 습하고 더운 기운이 덮쳐왔다. 이번 출장이 결코 쉽지 않으리란 예감이 들었다. 외국에서 하는 홈 비짓은 영어로 동시통역이 이루어지는 터라 집중력과 체력이 필요하다. 공항에서 호텔로, 호텔에서 업체 사무실로, 사무실에서 첫 번째 가정으로 이동하는 동안 이미 망했다는 확신이 들었다. 집중력은 개뿔, 숨만 쉬어도 정신이 혼미했다. 너무, 너무 더워서 폐에 숯불이 들어와 있는 것 같았다.

그래서 마당에 풀숲이 우거진 첫 번째 집에 도착해 집주인이 건네는 얼음 가득한 웰컴드링크를 본 순간 잠시 화색이 돌았던 것이다. 이 개미를 발견하기 전까진. 여기까지 생각하는 동안 개미가 드링크에 빠져 죽어 있다. 어느새 집주인은 진행자와 웃으며 대화를 나누고 있다. 유리잔을 테이블에 슬쩍 올려놓고 노트를 무릎 위로 가져왔다. 종이 귀퉁이 위로 아까 죽은 개미와 똑같이 생긴 개미가 아등바등 기어올라온다. 벽으로 시선을 돌렸는데 까만 도마뱀 한 마리가 거꾸로 붙어 있다. 소파로 눈을 내리자 가늘고 길쭉한 거미가 다가오고 있었다. 다시 노트를 보니……. 어느새 노트 중앙으로 진출한 개미가 '홈 비짓 1'이라고 적힌 글씨 위를 꼬물꼬물 가로질렀다. 순간 종아리가, 팔뚝이, 목덜미가 갑자기 견딜 수 없이 가려워지기 시작했다.

진행자가 무슨 농담을 하는지 집주인이 까르르 웃는다. 함께 웃고 싶었지만 그럴 수가 없었다. 어릴 적 나는 개미들을 요구르트 통에 빠뜨리고 노는 걸 좋아하던 잔인한 아이였다. 잠자리를 잡아 실에 묶어 날리면서 논 기억도 있다. 그 보복인지도 모른다. 분명 곤충들의 네트워크는 시공간을 넘어 전 세계적으로 이어져 있을 것이다. 나는 꼼짝없이 그들의 덫에 걸리고 말았다. 어디로 도망갈 수도 없는 이 뜨거운 타국에서.

◗ 오늘의 메뉴
아이스티

자카르타의 쇼핑몰은 엄청 시원했다

천국일세!

만세!

다음 스케줄이…

현지 시장 투어요

SPA 패션 매장, 한국 화장품점

ZALA

VDR

현지 시장=야외=덥다

글로벌 프랜차이즈 카페

이따 집에 가서 해봐야겠네요

집? 호텔?

블로그, 블로그

아 맞다

코엑스 온 줄

오, 여기 사진까지 다 있어

대박이네요

여기도 괜찮아요

팀장님이 아시면 안 되는데

5시부터 시작되는 딤섬

i

아침 비행기로 광저우에 도착하자마자 미팅이 시작됐다. 정신을 차리고 나니 오후 네 시였다. 여태 점심을 먹지 못해 눈앞이 어질어질했다. 가까운 아무 식당이나 들어가려는 나를 선배가 막았다.

"이렇게 개처럼 일했는데 아무거나 먹으려고?"

아니요. 포털 사이트에서 '광저우 맛집'을 검색했

다. 요즘 현지인에게 인기 있다는 딤섬집을 찾아냈다. 망설임 없이 택시에 올랐다. 이미 배고픔이 한계치를 넘어 몸이 나른해진 상태였다. 오늘 먹은 음식이라곤 기내식으로 나온 비프 없는 비프라이스가 전부였고 그나마도 반도 넘게 남겼다. 당 부족으로 떨리는 손을 진정시키기 위해 먹은 사탕은 음식으로 쳐야 하나 말아야 하나? 선배의 상황도 다르지 않았다. 우리는 눈을 희번덕거리며 초조하게 손톱을 물어뜯었다. 택시 기사는 아름다운 중국 가요를 흥얼거리며 가까운 거리를 일부러 돌아갔고, 지도 앱에 표시되는 현재 위치를 눈으로 쫓던 나는 안 그래도 노란 얼굴이 더욱 노래져서 다리를 발발 떨었다. 마침 차창 밖으로 난데없이 폭우가 쏟아졌고 번화가로 갈수록 차는 더욱 많아졌고 중국 가요는 클라이맥스로 치달았고 옆자리의 선배가 주먹을 꽉 움켜쥐었고…… 목적지에 도착했다는 택시 기사의 말에 서둘러 내리면서 우리는 대만 청춘영화의 주인공처럼, 하지만 그렇다기에는 너무나 굶은 얼굴로 빗속을 뚫고 가게로 뛰어갔다.

　　"+×÷=%W!@#"

"디스 원 플리즈."

"!@#ｗ★^%="

"왓?? 디스 원, 디스 원."

한참 손짓, 발짓을 한 끝에 5시부터 주문이 가능하다는 사실을 알았다. 지금 시각 4시 42분. 18분이 남았다. 18. 18. 우리는 슬픈 일을 당한 사람처럼 앉아 있었다. 가령 본부장님 앞에서 발표를 하려고 최종보고서 파일을 열었는데 헤드라인만 적힌 초기 버전이었다든지, 사내 메신저에 상사의 뒷담화를 쓰고 있는데 그 주인공이 뒤에 서 있었다든지. 옆자리 동료가 나보다 성과급을 두 배 더 받은 사실을 알게 되었다든지, 집주인이 전세금을 올려서 회사 대출을 알아봤는데 더 이상 땡겨 쓸 수 없었다든지. 생각이 꼬리에 꼬리를 물다가 급기야 서럽고 굶주려서 위장이 배배 꼬이려 할 때쯤 5시가 되었다!

주문을 하고 음식을 기다리며 우리는 살짝 정신을 놓고 아무 말이나 하며 웃었다. 아무리 생각해도 선배네 애가 복숭아주스를 좋아한다는 게 눈이 짜그라지도록 박장대소할 얘기는 아니었으니까. 곧이어 그토록 기다리고 기다렸던 딤섬이 나오기 시작했다. 뽀얀 김이 나는 샤오룽바오를 조심조심 숟가락에 얹어 후들거리는 입술로 한입 베어 물자, 입안에 뜨끈한 육즙이 흘렀다. 눈물도 함께 흐를 뻔했다.

🍜 오늘의 메뉴

샤오룽바오 | 홍미창펀 | 새우샤오마이 | 하가우 | 에그타르트

광저우에 간 목적은 업체 미팅 겸
전시 관람

전시장
엄청 커요!

나도!

개장 전부터 대기 중인 엄청난 인파

와

?

시간 됐는데
왜 문을 안 열지…
다리 아픈데

잠깐만 벽에
기대서 앉아
있을까

어떻게 해

우르르

전시장에서 맞는 점심시간

휴... 자리 겨우 잡았네요

다행이야

그날 밤 호텔

광저우는 야경이

닭고기조림과 국과 쌀밥

참 멋있네요

와!

파일 첨부 다 됐으면 보내줄래?

울지 마 울면 졸려

넵

ㅠㅜ

☆출장 보고서 쓰는 중☆

제가 한 것보다 맛없어요!

심한 욕

전시장 이니까

서 대리 컵라면 챙겨왔댔지?

네

꼬르륵

광저우의 눈물 젖은 컵라면

오늘의 묘지,
어제의 스테이크

공동묘지에서 길을 잃었다. 부서진 묘비 옆에 쭈그려 앉았다. 지도 앱에 다시 들어가봤다가, 이리저리 어지럽게 뻗은 길을 보고 한숨만 쉬었다.

어쩐지 이번 파리 출장은 너무 평탄하다 했다. 저녁 식사 전에 대부분의 업무가 끝나서 밤에는 프랑스 정찬을 먹고 센강변을 산책했다. 반짝거리는 에펠탑과 촉촉한 거리. 파리지앵 감성에 흠뻑 젖었다. 딱 하루만 더 머물고 싶다는 생각이 들었다. 그 생각을 한 게 문제였을까. 파리의 샤를드골공항에서 인천공항으로 가던 비행기가 이륙 두 시간 만에 기체 결함으로 회항했다.

새벽 3시였다. 항공사에서 호텔과 식비 바우처를 나누어주고, 내일의 대체 비행기 스케줄을 알려줬다. 배정해준 호텔로 가기 위해 그룹을 지어 택시를 탔다. 택시 기사는 영어를 몰랐고 함께 탑승한 다른 승객들과 나는 프랑스어를 몰랐다. 택시비로 지급된 바우처 가지고 실랑이를 벌이다가 간신히 호텔에 도착해 퀴퀴한 냄새가 나는 이불 위에 누웠다.

피곤과 긴장에 몸이 후들거릴 지경이었지만 기분을 바꿔보려고 애썼다. 회사 하루 안 가고 파리에 있는 게 어디야. 게다가 내일 비행기 출발 시간은 저녁 7시 30분이니, 한 군데쯤은 둘러보고 갈 수 있다. 잠깐이라도 자고 기운을 차린 다음 일찍 나가자고 다짐했다. 어디라도 가서, 어쩌다 주어진 이 우연한 하루를 알차게 보내자고.

그래서 가장 가까운 관광지인 공동묘지 '페르 라셰즈'에 왔다가 이렇게 알차게 길을 잃었다. 아까부터 계속 만나는 커다란 문 모양의 묘비에게 인사를 하고 초조하게 지도 앱의 방향 버튼을 두드렸다. 갑자기 중학교 동창이 생각났다. 남자친구가 심한 길치인 것이 답답해서 헤어졌다는 그녀. 농담인지 진담인지. 길치인 게 죄라면 나는 무기징역…… 사형…….

　지금 내가 어디에 있는지는 모르겠지만 점점 깊숙이 들어가고 있다는 느낌만은 확실했다. 오랫동안 방치된 것이 분명한 낡은 묘비들이 주변에 늘어갔다. 어쩐지 추운 건 기분 탓이겠지. 그 와중에 배가 고파오기 시작했다. 벌써 시간이, 오후 1시.

　어제 점심, 파리 출장의 마지막 식사라며 거하게 코스 요리를 먹었다. 감자를 돌돌 말아 바삭하게 튀긴 새우가 애피타이저였고, 기름이 촬촬 흐르는 거대한 립 스테이크가 메인, 달콤하고 부드러운 크림브륄레가 디저트로 나왔다. 식전 빵과 애피타이저로 이미 배가 차서 스테이크를 남겼다. 미디엄 레어로 익혀서 속살이

발갛던, 살포시 누르면 반동으로 탱탱하게 흔들리며 고
소한 육즙이 흘러나오던, 따뜻하고 말랑말랑했던……
스테이크를.

그걸 남겼단 말이지. 그걸, 내가.

◉ 어제의 메뉴

감자말이새우튀김 | 립스테이크 | 크림브륄레 | 탄산수

알콜이 몸에 받지 않아
평소 술을 마시지 않는다

음…

난
하우스와인
한잔 할래

↑
같이 온 동료

원 하우스와인, 투!

오, 웬일?

그래도
프랑스에
왔으니 와인
한잔쯤은…

왓 두유
띵크 오브 댓
미즈 서?

아임…

캬!

무슨
맛인지
모르겠네요

파인 땡큐

식사 후 현지 업체 미팅

앤ㅇ…

야

이 정도면 자동반사

터키시 딜라이트 때문이다

|

"유 배드 가이!"
번역하면 '너 나쁜 사내'.

나는 지금 매우 화가 났다.

팀장님은 출장 선물을 사오지 않아도 되지만 터키시 딜라이트는 먹고 싶다고 했다. 계속되는 워크숍과 미팅으로 시간을 빼지 못하다가 마지막 날 가까스로

번화가에 나왔다. 여기는 나의 여섯 번째 출장지, 터키, 이스탄불이다.

터키시 딜라이트는 젤리와 캐러멜이 혼합된 것 같은 식감에 여러 견과류가 박혀 있는 터키의 전통 디저트다. 워낙 유명한 관광 상품이라 어느 시장을 가든 입구에서부터 판매점들이 진을 치고 있었다. 상인들이 방긋거리며 시식용 샘플을 내밀기에 얼결에 몇 개를 받아 먹었다. 예상대로 달았다. 내 취향은 아니었다. 건성으로 두어 번 씹다가 덩어리를 목구멍으로 넘겼다. 잔여물이 치아에 끈적하게 엉겨 붙은 느낌이 쉽게 없어지지 않았다. 같이 간 동료는 무슨 맛을 골라야 할지 고민에 빠진 모양이었다. 나는 별생각 없이 여러 가지 맛이 혼합된 제일 크고 포장이 화려한 제품을 샀다. 어차피 선물용이니까.

쇼핑을 마치고, 중심가에 나온 김에 '아야 소피아'와 '탁심 광장'을 구경했다. 서늘한 가을밤이었다. 다양한 피부색의 사람들이 저마다 무리 지어 떠들고 있었다. 여태 사무실과 컨퍼런스홀만 오가다가 관광지에

오니 이제야 낯선 나라에 온 기분이 들었다. 풍경과 분위기에 취했다. 우리는 화단에서 앞다리를 모으고 앉아 있는 줄무늬 고양이를 보고 세상에서 제일 재밌는 장면을 본 사람들처럼 꺄르륵 웃었다. 길거리에 과일 주스를 파는 한 청년이 말을 걸었다. "니하오, 곤니찌와, 아뇨하세요." 어제라면 대꾸도 하지 않았겠지만 오늘은 기분이 좋았다.

"안녕하세요."
"옙버요. 옙버요."

예쁘다는 말도 들었겠다, 갈증도 나서 주스를 사먹기로 했다. 석류주스 두 잔을 주며 그가 같이 사진을 찍자고 말했다. 옆에 가서 나란히 섰다. 동료가 사진 구도를 잡는 사이에 그가 내 엉덩이를 만졌다.

처음에는 실수로 닿았겠거니 하고 몸을 틀었다. 그러나 손가락이 점점 끈적하게 붙어왔고 이내 성추행을 당하고 있다는 걸 깨달았다. 너무 당황해서 영어로 된 욕이 하나도 생각나지 않았다. 그래서 외쳤다.

"유 배드 가이!"

남자가 눈을 조금 끔뻑이더니 멋쩍게 웃었다.

"옙버요. 옙버요."
"닥쳐 개새끼야!!!!"

실랑이가 벌어지자 사람들이 점점 모여들었고, 겁
먹은 동료가 내 팔을 잡아끌었다. 사진을 빨리 찍을 걸
그랬다고, 꾸물대서 그런 일을 겪게 했다며 너무 미안
해하기에 괜찮은 척을 했다. 사실 하나도 괜찮지 않았
다. 호텔 침대에 누워 마치 쓰다가 놓친 샤워기처럼 발
버둥을 쳤다. 아무렇지 않아 보이는 그 남자 앞에서 나
혼자만 야단법석을 떨다가 결국 피해버렸다는 사실이
분했다. 제대로 항의했어야 했다. 내가 유야무야 넘겨
버린 탓에 또 다른 피해자가 생기면 어쩌지? 하지만
말도 안 통하는 이곳에서 내가 무엇을 할 수 있었을까.

답답하고 화가 나서 터키시 딜라이트를 바닥에 던
져버렸다. 팀장님이 이걸 먹고 싶다고 하지만 않았어

도. 그랬다면 시장에 가지 않았을 거고 아무 일도 일어나지 않았을 거다. 한참을 씩씩대다가 침대에서 내려와, 바닥에 떨어진 박스의 구겨진 모서리를 다시 폈다.

다음 날 나는 이 사건을 회사 사람들에게 말하지 말아달라고 동료에게 부탁했다. 괜히 구설수에 오르는 것도 싫고 공연히 성적 대상으로 비칠까 봐 걱정돼서였는데, 그것마저도 왠지 비겁하게 느껴졌다. 오래도록 찜찜한 기분이 가시질 않았다.

● 오늘의 메뉴
터키시 딜라이트(시식) | 석류주스

이스탄불 업체에서 마련한 네트워킹 파티

쌀라 쌀라 쌀라

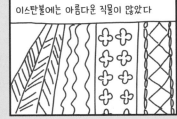

이스탄불에는 아름다운 직물이 많았다

Uhm···

이 스카프는 심플해서 한국에서 하고 다닐 만하겠는데

필사적인 눈알 굴리기

-한국에서 출근-

후

이스탄불에서 스카프 샀구나?

하하

KTX 타고 가면서 봐도 이스탄불

한때 팀장이었던 그와
식사 대용 쉐이크

그가 다가왔다. 나는 눈을 피해 고개를 숙이고 빌었다. 여기로는 오지 마세요. 오지 마세요. 제발……! 속으로 말을 마치기도 전에 내 앞자리의 의자가 끌리는 소리가 난다. 그는 나의 팀장이었던, 지금은 팀장 자리에서 물러난 G 부장이다.

"이게 뭐야?"

그가 턱으로 내 앞에 놓인 페트병을 가리켰다.

"식사 대용 쉐이크요."
"아, 리퀴드 밀?"

뭔 말인지 잘 몰랐지만 고개를 끄덕였다. 요즘 아침 식사를 제대로 챙기기 힘들어서 먹기 시작한 제품이었다. 페트병에 곡물가루가 들어 있고 거기에 물을 넣어 먹는데, 미숫가루 맛이 난다.

"역시 밀레니얼 세대네."

밀레니얼 세대와 식사 대용 쉐이크가 무슨 상관인가 싶었지만 그냥 웃었다. 웃어야 할 것 같아서였다. 그리고 입을 다물었다. 텅텅 빈 휴게실에서 굳이 내 앞자리에 앉았다는 건 나와 대화가 하고 싶다는 의사 표현인 것 같은데, 그 의사에 답해주고 싶지 않았다.

그는 내가 입사할 때부터 팀장이었고 한때 임원 후보군에도 오를 만큼 잘나갔으나, 야심 차게 사내벤처

아이템을 맡아 부서를 나갔다가 화려하게 말아먹었다. 1년 만에 다시 돌아왔을 때, 이미 팀장 자리는 모두 차 있었고 그를 반겨주는 팀은 없었다.

"회사 생활은 할 만해?"
"뭐, 그냥 그렇죠."

날씨가 좋다는 둥 시간이 너무 빨리 간다는 둥 누구랑 나눠도 하등 상관이 없을 잡담이 오갔고 그보다 더 긴 침묵이 중간중간 끼어들었다. 먼저 일어난 것은 G 부장이었다. 나는 남아서 쉐이크를 마저 마셨다. 미처 녹지 못한 곡물가루가 덩어리로 남아 식감이 매끄럽지 못했다.

그가 팀장이었을 때 나는 인사고과에서 2년 연속 최하점인 C를 받았다. 꽤 충격이었는데, 한 번만 더 C를 받으면 성과 관리 대상이 되기 때문이었다. 그가 사내벤처로 떠난 후 새로 온 팀장은 내게 A를 줬다. 다행스런 일이었고 좀 웃기는 일이었다. 아무리 생각해도 1년 사이에 업무 능력이 C에서 A로 바뀔 만큼 드라

마틱한 변화가 나에게는 없었다.

한때 G 부장을 싫어한 적도 있었지만 지금은 좀 불편할 뿐 크게 부정적인 감정은 없다. 그는 이미 나에게 아무런 영향력을 미치지 못하는 사람이 되었기 때문이다. 회사에서 '영향력 없는 사람'이란 '일 못하는 사람'보다 못해서, 이들에게는 일을 잘하는지 못하는지 평가받을 기회조차 주어지지 않는다. G 부장은 복직 후 아무 일도 맡지 않고 외딴 자리에 하루 종일 앉아만 있었다. 그가 매일 누구와 어디서 점심을 먹는지 아는 사람은 아무도 없었다.

회사를 유령처럼 오가는 G 부장을 볼 때마다 임원이 되지 못한 오십 대 직장인의 삶에 대해 생각하게 된다. 그건 나의 앞날일까. 나는 과연 몇 살까지 이 회사를 다니게 될까.

🥣 오늘의 메뉴
검은콩 식사 대용 쉐이크

아침으로 주로 먹는 것
①떡

장점: 든든하다
단점: 칼로리

②삼각김밥

장점: 편하다
단점: 인기 있는
　　　맛은 금방
　　　떨어진다

③과일

장점: 건강한
　　　기분
단점: 탄수화물
　　　부족

④물과 공기　　　장점: 살이 안 찜

이상한 맛

애초부터 그런 사람 없었던 것처럼

3장
———
난처한
———
맛

중력이 커피에 미치는 영향

아침에 일어났더니 중력이 나를 다시 이불로 잡아끌었다. 알람을 끄고 잠이 들었다가 절망적인 기분으로 다시 일어났다.

택시로 출근했다. 헐레벌떡 회사 게이트를 지나려는데 개폐기가 열리지 않아서 내려다보니 교통카드를 대고 있었다. 가방에서 얼른 아이디 카드를 꺼내 찍었다. 출근 시간 1분 전, 세이프. 안도의 한숨을 쉬며 엘리베이터를 타고 올라와서 휴게실 커피머신 앞으로 직행했다. 텀블러를 머신 입구에 대고 '아메리카노 진하게' 버튼을 누르려다 멈췄다. 내가 시방 커피를 마시지 못하는 몸이 됐기 때문이다.

기침이 몇 주째 멎지 않았다. 처음에는 걱정해주던 주변 동료들의 목소리에 살짝 짜증이 섞이기 시작했다. 야근이 계속되어 모두가 예민한 상태였다. 점심 시간에 조금 일찍 나와서 병원에 갔다. 내과 대기실에 앉아 수만 가지 상상을 했다. 새로운 종류의 알러지, 기관지염, 천식, 폐렴, 결핵, 수술, 입원, 병가, 퇴사, 시작되는 빚의 압박, 가압류, 노숙…… 그러던 와중에 이름이 불렸다.

원인은 역류성식도염이었다. 위산이 역류하다가 목 안쪽을 자극해서 계속 기침이 나오는 거라고 했다. 의사 선생님이 주의해야 하는 음식들을 말해줬다. 한없이, 정말 한없이 이어지는 블랙리스트의 정점은 예상대로,

"커피, 당분간 드시면 안 돼요."

태어났을 때부터 커피를 마시진 않았다. 이 한약 같은 음료를 무슨 맛으로 먹는지 도무지 이해할 수 없던 시기가 나에게도 있었다. 어쩌다 하루에 투샷 아메리카노를 세 잔씩 마시는 헤비 드링커가 되었는가. 모든 게 돈 때문이었다. 갑자기 과외 아르바이트에 잘렸던 그때, 취업 준비 스터디를 카페에서 하는 바람에 어쩔 수 없이 가장 저렴한 아메리카노를 주문하게 된 것이 시작이었다. 먹다 보니 정이 들었단 말이지. 그러고 보면 오늘의 역류성식도염은 그때 성실히 과외를 봐주던 나를 문자 한 통으로 자른 ○○타워 26층 김○○ 학생 부모님의 탓이로다.

터덜터덜 자리로 돌아와 서랍에서 봉투를 꺼냈다. 역류성식도염을 진단받고 인터넷으로 주문한 제품이었다. 검색어는 '임산부 커피'. 보리, 치커리, 호밀 등의 곡물을 빻아 카페인 없이도 커피 비슷한 맛이 난다고 광고하는 제품이었다. 먹어 보니 그냥 보리, 치커리, 호밀 등의 곡물을 빻은 맛이었다. 커피는 개뿔. 그래도

색깔이 비슷해서 얼음을 넣어 먹으면 얼추 아이스아메리카노를 마시는 기분이 났다. 검고 쓴 유사 커피를 호로록 들이켰다. 스테인리스 빨대가 금세 콜록콜록하며 빈 바닥 훑는 소리를 냈다. 한 봉지를 더 들고 털레털레 휴게실로 향했다.

그날은 밤 12시경에 퇴근했다. 엘리베이터를 타고 집까지 올라가는 그 짧은 시간을 견디지 못하고 쭈그려 앉았다. 이렇게까지 고되게 일을 해야 하는 이유에 대해서 생각했다. 기침이 나왔다. 위산이 또 식도를 거슬러 오르고 있는 모양이었다.

◗ 오늘의 메뉴
커피 대용 차(아이스)

퇴근을 하고 대강 저녁을 챙겨 먹으면 8-9시

잘 먹었당~

엄마 나 병원 갔다 왔어

역류성 식도염 이래요

긴장은 풀리고 배는 부르고 솔솔 잠이 오는 시간

아 밥 먹고 바로 누우면 안 되는데

뭐겠어

스트레스 때문이겠지

안 되는데

회사가 엄마 딸 너무 괴롭혀~

양심 좀 있어라

회사 근처에 대용량 커피를 파는
카페가 생겼다

연차를 낸 평일, 도심의 카페에
앉아 있으면

먹어도
먹어도
안 줄어드네

그러게요

점심시간을 맞은 직장인들이 온다

이거 약간 직장인에게
카페인을 투여해서 일의
노예로 만들려는 음모?

하하

헤헤
난
휴가지롱

과장님
법카
주세요

부장님도
뭐
드실래요

그럴 리가

꼬록   꼬록

힘내송~!

자리
비켜 졌으면
...

자리
...

혼자서 네 자리 차지함

야유회와 뷔페의 당위성

가을은 야유회의 계절이다.

'빌어먹을.'

올해도 어김없이 야유회 준비 스태프가 되어 회의실에 갔다. 모인 사람들을 보니 작년과 특별히 다르지 않은 인원 구성이다. 우리는 언제까지 주니어인가, 왜이 부서는 신입사원 티오가 우리의 성과급만큼 희귀한

가에 대한 심도 있는 토론을 나누고 싶었으나, 피차 바쁜 와중에 온갖 눈치를 보며 시간을 낸 걸 알기에 서둘러 야유회 장소부터 얘기했다. 회사 위치와 너무 멀지 않아야 하고, 큰돈 들지 않아야 하고, 사람 50명이 한꺼번에 들어갈 수 있는 널찍한 크기에, 서너 시간을 할애할 만한 적당한 활동이 있어야 한다.

어디 보자. 서울대공원은 작년에 갔고, 영화관은 재작년에, 그전에는 서울숲에 갔다. 4년 전, 1박 2일로 가평에 갔을 때에는 준비 과정이 너무 힘들어서 아침마다 사내 포털의 퇴사 탭을 눌렀다. 예산 절감을 이유로 야유회가 취소됐을 때는 그게 행복인 줄 몰랐지. 실내 스포츠 체험장, 공방, 수족관…… 아무튼 떠올릴 수 있는 모든 후보는 이미 갔던 곳이다.

"한강 갈까요."
"가서 뭐 하죠?"
"보트 타면 어때요?"

나쁘지 않았다. 일단 승선만 시키고 나면 스태프

들이 할 일도 많지 않을 것 같았다. 회사에서 가장 가까운 한강공원의 보트 회사를 알아보고, 그 외의 시간에 할 활동을 정했다. 별 얘기 안 했는데 한 시간이 후딱 지났다. 다음에 만날 때까지 각자 할 일을 나눴는데, 나는 음식점 섭외와 예약을 맡았다.

"뷔페로 하겠습니다."

다들 고개를 끄덕였다. 입사 이후로 야유회 점심은 가평 1박 2일을 제외하곤 늘 뷔페였다. 새로울 것 없는 비슷비슷한 메뉴. 먹다 보면 이 맛이 저 맛이고 그 맛이 요 맛이건만 여러 사람을 한꺼번에 먹이는데 군소리가 없으려면 뷔페만 한 곳이 없다. 게다가 주변 사람들과 할 말이 떨어지면 적당히 일어나서 다음 접시를 떠오면 되니까 어색함을 떨칠 수도 있고, 부어라 마셔라 분위기가 되지도 않으니 이 얼마나 좋은가. 심지어 음식을 가지러 가는 척하며 은근슬쩍 집에 갈 수도 있다. 검색해 보니 다행히 보트 승선장 근처에 적당한 뷔페가 있어 바로 예약했다.

야유회 당일, 정신없이 게임, 보물찾기, 보트 타기 등의 활동을 마치고 뷔페에 사람들을 몰아넣었다. 나도 뒤늦게 들어가서 접시를 들었다. 아침 일찍부터 준비했더니 배가 많이 고팠다. 눈에 보이는 대로 쓸어 담고 싶은 욕망을 누르고 샐러드와 회, 초밥부터 차곡차곡 담았다. 첫 접시는 차고 담백한 음식, 두 번째는 따뜻하고 간이 센 음식, 세 번째는 앞서 먹었던 음식 중에서 맛있는 것만 골라서. 네 번째는 과일과 디저트. 뷔페에 임하는 나의 순서는 제법 엄격하다. 자리에 앉아 광어초밥을 막 간장에 찍으려는데 옆에서 맥주를 마시고 있던 모 부장님이 말을 건넸다.

"서 대리, 왜 야유회는 늘 뷔페야? 내년엔 좀 다른 거 먹자."

어머나, 그럼 내년에는 부장님이 준비하시면 되겠네요! 목구멍까지 치밀어 오른 말을 꾹 누르고 웃었다. 어디서 본 얘긴데 입에 음식물을 넣은 채로 '뒤질래요?'라고 말하면 '드실래요?'처럼 들린다고 한다.

◯ 오늘의 메뉴

첫 번째 접시: 광어초밥, 연어초밥, 생새우초밥, 참치회,
　　　　　　　틸라피아회, 육회, 흩뿌림초밥, 문어숙회, 연어카나페
두 번째 접시: LA갈비, 등심구이, 크램차우더, 가지치즈구이,
　　　　　　　장어구이
세 번째 접시: 광어초밥, 연어초밥, 육회, 크램차우더
네 번째 접시: 오렌지, 파인애플, 감, 리치

솔직한 게 마냥 좋은 건 아니야

칸트 그리고 짜파게티

같은 팀이지만 그다지 친분이 없어서 E 과장이 먼저
말을 걸어오는 일은 드물었다. 나는 그의 말을 한 번에
이해하지 못해 눈을 끔뻑였다.

"아이디 카드를 빌려 달라고요?"

E 과장의 목에는 멀쩡히 제 아이디 카드가 걸려
있었다. 그가 계면쩍은 듯 뒷목을 주무르며 말했다.

"제가 짜파게티가 먹고 싶어서요. 대리님은 오늘 밖에 나가서 드셨죠?"

"짜파게티요?"

"오늘 지하 식당 메뉴가 짜파게티인데, 제가 이미 다른 메뉴로 밥을 먹어서."

이제야 이해가 갔다. 회사 구내식당의 점심 식사는 한 아이디 카드당 한 끼만 무료로 배식 받을 수 있다. 오늘 나는 밖에서 돈가스를 먹고 왔으므로 구내식당에 아이디 카드 기록이 남지 않았다. E 과장은 제 몫의 밥을 먹고도 짜파게티를 또 먹고 싶어서 내게 부탁을 해온 것이다. 흔쾌히 목줄을 건네줬다. 그는 점심시간이 15분밖에 안 남았다며 걸음을 서둘렀다. 멀어지는 뒷모습이 기뻐 보였다.

'짜파게티를 굉장히 좋아하는 모양이네.'

저렇게까지 먹고 싶어하는 게 의외여서 신기했다.

E 과장은 규칙을 중요하게 생각하는 사람이다. 옆

에서 지켜본 그의 하루는 다음과 같다. 8시까지 회사에 나와서 독서를 한다. 8시 20분부터 이메일을 확인하며 업무를 시작한다. (정규 업무 시간은 8시 30분부터 5시 30분이다.) 12시부터 12시 10분 사이에 지하 구내식당으로 내려간다. 메뉴는 언제나 탕·찌개로 구성된 한식 메뉴를 먹는다. 12시 30분에 아침에 하던 독서를 이어서 하고 50분에 휴게실에서 딸과 영상통화를 한 뒤 다시 자리로 돌아와 1시부터 일한다. 야근을 하지 않는 날에는 5시 40분에 일어나 셔틀버스를 타러 간다. 회사에서는 이런 그를 보고 경탄과 놀림을 섞어 '칸트'라고 부른다. 그가 지나가는 것을 보고 이웃들이 시계를 맞출 정도로 시간에 엄격했다는 철학자.

그런 그가 밥을 한 번 더 먹기 위해 타인의 아이디카드를 빌린 것은 꽤 파격적인 시도임이 분명했다. 아마도 짜파게티의 유혹을 애써 외면하고 늘 먹던 한식메뉴를 택했다가, 그 기름지고 고소한 냄새가 계속 비강에 맴돌아 흔들리고 또 흔들리다 결심을 했을 것이다. 메뉴판 앞을 오래 서성였을 E 과장의 심각한 표정을 생각하니 조금 웃겼다.

잠시 후 식당에서 돌아온 그의 입가에 검은 짜장 소스가 묻어 있었다. 양치를 하고 돌아온 그가 자리에 앉은 시간을 확인하니 정확히 1시였다.

일을 하는데 갑자기 큰소리가 들렸다. 팀장님이 E 과장에게 화를 내고 있었다. 보고 날짜가 갑자기 당겨졌는데 그가 그 기간 안엔 불가능하다며, 퀄리티가 보장되지 않은 보고서를 내놓을 수는 없다고 버틴 모양이었다.

"지금 논문 써요? 회사에는 회사의 타이밍이라는 게 있어요."

팀장님은 분통이 터진다는 듯이 말했다. E 과장은 박사 출신이었다.

"이럴 거면 학교로 돌아가세요 그냥!"

E 과장은 고집스레 입을 다물고 있었다.

2주 뒤 E 과장은 위에서 지시한 날짜에 보고를 했다. 한 사람의 예리한 모서리가 회사라는 망치에 맞아 깎이는 광경을 실시간으로 본 건 그때가 처음이었다.

◯ E 과장의 메뉴
짜파게티 | 오이피클 | 양배추샐러드 | 계란국

입사 초기에는 구내식당에서 아이디당 여러 메뉴를 제한 없이 먹을 수 있었다

떡볶이 또 받아 올까요? 같이 드실래요?

콜

K 사원은 피처폰 안 써봤죠

아, 이런 얘기하면 꼰대인가

가로본능 알아요?

먹고 싶은 대로 다 받아서 식탁에 늘어놓고 먹곤 했다

이 시스템 없을 때는 일일이 도장 받고 그랬는데

아, 이런 얘기하면 꼰대 같죠?

그땐 20대 여서 많이 먹기도 했고~

그때가 좋았죠

새로 온 비서님도 너무 인사를 안 하시더라

아, 이러면 꼰대 같은데

이런 말하면

꼰대 인가요?

하하

아, 못 들었어요

꼰대 맞으니까 제발 그만했으면

얼음 도둑, 고소할 거야

내 생의 냉장고에 대해 돌이켜 본다.

어린 시절 과일 모양 자석을 붙이며 놀던 부모님의 냉장고와, '우유를 훔쳐 먹지 마세요.' 같은 포스트잇이 잔뜩 붙어 있었던 기숙사 냉장고. 자취를 시작하며 풀옵션이라는 이름으로 만났던 냉장고는 원도어였고, 냉동실과 냉장실이 구분되어 있지 않아서 툭하면 아이스크림이 녹았다. 그 경계 없는 냉장고에 한이 맺혀 첫 월급 타고 폭풍 검색 끝에 산 최초의 '내' 냉장고는 280리터짜리 상냉장 하냉동 신상품. 그리고 가장 최근에 만난 냉장고는, 지금 내 눈앞에 서 있는 회사 탕비실의 쓰리도어.

이상.

회사 냉장고의 냉장실은 웬만하면 열지 않는다. 그곳은 회사원들이 넣어두고 잊은 음식들이 조용히 썩어가는 공동묘지다. 내가 애용하는 곳은 언제나 냉동실. 문을 열자 테두리에 패킹되어 있던 고무가 떨어지면서 찰진 마찰음을 냈다. 내가 좋아하는 몇 안 되는 소음 중 하나다. 시린 냉기를 헤치며 내부를 들여다보는데 자동으로 한숨이 나왔다.

내 얼음 트레이에 누가 또 손을 댔다. 넘치게 물을 부어 얼려놨는데 절반이 넘게 없어져 있다. 누굴까. 누가 또 겁도 없이 내 얼음에 손을 댔나. 손을 댄 것까지는 그렇다 치자. 물도 채워놓지 않은 이 비매너는 무엇인가. 짜증이 치밀었다. 이성적으로 생각하려고 애썼다. 입사 초기에 사수에게서 일 잘하는 법에 대한 자기계발서를 선물 받은 적이 있다. 그 책에서 이르기를, 모든 솔루션은 문제를 명확히 정의하는 것에서부터 시작된다. 그래 문제는, 모든 문제는, 빌어먹을 양심 없는 썩어빠진 얼음 도둑 자식(들)! 너희 고소할 거야!

자리로 돌아가 포스트잇, 펜, 테이프를 챙겼다. 펜을 들어 포스트잇에 적었다. '공용 트레이 아님.' 잠깐 고민하다가 뜯고 새로 썼다. '개인 것이니 드시지 마세요.' 얼음 트레이 뚜껑에 붙였다. 그 위로 테이프를 겹겹이 붙여 방수 처리했다.

남은 얼음을 머그잔에 옮겨 담았다. 겨우 반절이 찼다. 터무니없이 부족한 양이었다. 몇 개를 입에 털어 넣고 입안에서 살살 굴렸다. 현재 시간 오후 3시. 입속 점막에 닿는 찬 기운에 감기려던 눈이 번쩍 뜨였다. 좋아해서도 아니고, 배고파서도 아니고, 버티기 위해 먹는다. 이런 게 어른의 삶, 어른의 냉기, 어른의 얼음. 반쯤 녹은 얼음을 아작아작 씹으며 아주 천천히, 흐느적거리는 걸음걸이로 자리에 돌아갔다.

'먹지 마시오. 지켜보고 있음!'

다음 날 또 누가 얼음을 빼먹었길래 문구를 바꿔 붙였다.

오늘의 메뉴

얼음

예쁜 유리컵에

얼음 가득 그리고 물과 에스프레소

거기에 스테인리스 빨대와 뜨개 컵받침

여긴
카페다…
회사가
아닌
카페
…

서 대리님
뭐하세요?

카페 가서
일하고 싶어요

맞아요
분위기
전환도
되고

자자, 퇴근시간
됐으니 빨리
사무실에서
나가세요

주 40시간
근무 캠페인
중이니까

팀장님
근데 저희

내일이
보고잖아요

으아악!!

으아아악!!

닥치고 얼른
일했으면…

아무리 깨부셔도 마음이 시원해지지 않는 날이 있다

수건돌리기의 날에 먹는
김치돈가스나베

12시가 되고 사무실의 불이 자동으로 꺼지자 엉거주춤 자리에서 일어났다가 다시 앉았다. 오늘, 가급적 팀원 모두 실장님과 점심을 먹으라는 팀장님의 당부가 있었다. 유리벽으로 둘러싸인 실장님 자리를 힐끔거렸으나 나오실 기미가 없었다. 모니터로 다시 고개를 돌렸다. 목요일은 수건돌리기, 아니 실장님 도맡기에 우리 팀이 술래로 걸린 날이다.

예전부터 기획팀에서 불만이 많았다. 왜 자기들만 매일 실장님과 밥을 먹어야 하냐고. 팀장님들이 모여 가위바위보로 순번을 정했다. 총 네 팀이라서 한 팀만 주 2회 당첨이었다. 다행히 거기에 걸리지는 않았다.

아침에 팀원들과 모여서 미리 대화 지분을 나누었다. 누구는 영화, 누구는 드라마, 누구는 책. 나는 아이돌을 맡았다. 실장님의 중학생 따님이 요즘 모 아이돌 그룹에 빠져 있는 모양이었다. 혹시 몰라 트위터에 검색했다가 최근 콘서트를 했다는 사실을 알게 되었다. 몇 장의 사진을 휙휙 넘겨보고 있는데 실장님이 나오셨다. 주섬주섬 아이디 카드와 핸드폰을 챙기고 뒤를 따랐다. 엘리베이터를 기다리는 동안 무거운 침묵이 흘렀다. 이럴 때 분위기를 주도하여 화제를 끌고 나가는 감정 노동은 대개 아랫사람의 몫이다. 나와 연차가 비슷한 동료와 서로 곁눈질을 하며 미루다가 결국 내가 먼저 항복했다.

"따님은 잘 계세요? 콘서트 티켓팅은 잘 했나요?"

그 후로 지하로 내려가 줄을 서서 배식을 받고 자리에 앉을 때까지 실장님 따님의 덕질 이야기를 들어야 했다. 매도 일찍 맞는 게 낫다고, 내 몫의 대화를 마치고 나자 좀 더 편하게 식사에 집중할 수 있었다. 오늘의 메뉴는 김치돈가스나베였는데 그리 좋은 선택은 아니었다. 김치 국물에 축축하게 젖은 돈가스에서 쿰쿰한 군내와 가공식품 특유의 비릿한 맛이 났다. 밥을 다 먹고 커피를 사주시던 실장님이 말했다.

"수고했어요."

실장님도 다들 자기와 그다지 밥을 먹고 싶어 하지 않는다는 사실쯤은 알고 있을 것이다. 이 팀 저 팀에게 숙제처럼 얹혀 점심을 해결하는 기분은 어떨까. 임원이라는 자리가 불러오는 권력에 비하면 이쯤은 사소한 일이라고 생각할까. 실장님의 직위는 상무이고 현재 우리 회사에서 멸종 위기에 처해 있는 여성 임원이다.

◕ 오늘의 메뉴
김치돈가스나베 | 단호박샐러드 | 검은깨주먹밥

실장님은 밖에서 같이 식사를 할 일이
생기면 꼭 나에게 메뉴를 고르라고 하신다

서 대리
남 눈치
안 보고

자기
먹고 싶은 거
말할 거
같아서

돈가스
햄버거
냉면
중국집

칭찬이야
디스야?

어…
제육볶음?

그거
말고

느끼해

다른 건?

별로

아, 그건
어제 먹어서

회덮밥
어떠
세요?

회덮밥은
빼고

ㅂ…

아니

저 말도
아직 안
꺼냈는데요

어릴 적 오빠와의 반찬 싸움 때문인지
밥 먹는 속도가 빠른 편이다

냐라

너나
냐라

윗사람과 식사를 할 때는 종종 곤란하다

으앗 너무
빨리 먹어
버렸다

국만
조금 남았네

텅

텅

쪽

옳지!

헤헤

국 찍어 먹기 신공

151

열등감으로 구운 삼겹살

C 사원이 대리로 진급했다. 올해 우리 팀의 유일한 진급자였다. 마침 한 달 전에 그의 아내가 쌍둥이 남매를 출산하기도 해서, 겹경사라며 팀원들이 떠들썩했다. 빨리 진급 턱을 내야 한다고.

"당연히 소고기 아니야?"
"장어구이 드시죠."
"소박하게 회 먹읍시다."

C 사원, 아니 C 대리는 허리춤에 손바닥을 비비며 고개만 주억거리다가 잠시 후 조용히 내 자리로 찾아왔다.

"총무님. 저⋯⋯."
"삼겹살집으로 말씀드려볼게요."

C 대리가 입술을 안으로 말아 물며 우물쭈물 웃었다. 회사 인트라넷에는 과도한 진급 턱을 요구하는 문화를 버려야 한다는 캠페인 게시글이 올라와 있었다.

사람들이 폭탄주를 만들며 고함을 질렀다. 오늘의 주인공, 진급자 C 대리는 소맥으로 가득 찬 500시시 맥주잔을 받아 들고 결연한 표정을 지었다. 몇 마디 소감을 얘기하고 꿀꺽꿀꺽 그 많은 술을 다 마셨다. 보는 내 식도가 다 아리는 기분이었다. 주변 사람들이 그의 입에 삼겹살을 넣어 주는 걸 보고 나도 끄트머리가 검게 탄 바삭한 고기 한 점을 집어삼켰다.

C 대리는 좀 취한 것 같았다. 사람들이 2차를 가

려고 일어나자 혼자 휘적휘적 계산대로 뛰어갔다. 뒤따라가서 52만 원을 일시불로 긁으려는 그를 막았다. 팀장님이 회식비 절반은 팀 비용으로 계산하라고 미리 당부를 하셨기 때문이다. 법인카드를 내밀자 C 대리가 손사래를 치며 나를 떠밀었다. 동작은 컸지만 힘이 들어가 있지 않아서 무사히 반씩 계산을 했다.

2차를 가지 않고 지하철역으로 발길을 돌리는데 C 대리가 나를 불렀다.

"가시게요? 섭섭하네."

그가 악수를 청했다.

"이제 우리 같은 대리인데."

C 대리는 나와 동갑인 데다가 몇 개월 차로 비슷한 시기에 입사했다. 뉴질랜드에서 어린 시절을 보낸 그는 한국어가 서툴러 업무 속도가 더뎠다. 대신 영어를 써야 하는 일이 있으면 언제든 1순위로 불려 갔다.

작년에 우리는 같이 진급 대상자로 선정되었다. 결과적으로 그는 누락되고 나는 대리를 달았다. 그땐 솔직히 기뻤다. 나는 유학파에게 콤플렉스가 있다.

"네, 저도 아쉽네요."

악수하는 손에 힘을 꽉 실으며 마주 웃었다.

◯ 오늘의 메뉴
삼겹살

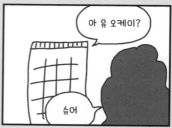

중국어를 사극으로 배웠어요

쌀국수의 바닥

소문은 금세 퍼졌다. 남자인 E 과장이 육아휴직을 신청했다. 우리 부서 최초였다. 반응은 크게 둘로 갈렸다. 부모 도움 없이 애를 둘이나 키우느라 얼마나 힘들었겠느냐, 용기 있게 나섰으니 응원해줘야 한다는 편이하나. 분명 속셈이 있다, 개인 사업할 시간 벌면서 여차하면 다시 회사로 돌아올 수 있게 머리 쓰는 거 아니겠냐는 편이 둘.

사람들이 E 과장에게 대놓고 물어보지 못해서 은근슬쩍 나에게 돌려 물었다. 그럴 때마다 매번 모른다고 답했다. 나와 그는 최근까지 2년간 함께 프로젝트를 진행했지만, 그런 걸 터놓고 얘기할 만큼 친밀한 사이가 아니었다. 육아휴직 결재를 올리면 최종 승인자인 그룹장과 면담을 하게 되어 있는데, E 과장은 면담 자리에서 그룹장에게 들은 말을 모두에게 말하고 다녔다. '자네, 남자가 야망이 없구만.' 야망 없는 E 과장과 약속을 잡았다. 무려 저녁 약속이었다.

"돌아오실 거예요?"
"돌아와야죠. 내가 갈 데가 어디 있다고."

쌀국수 가게에 갔다. 서 대리가 좋아하는 메뉴로 특별히 골랐다며 E 과장이 생색을 냈다. 딱히 쌀국수를 좋아하는 건 아니었다. E 과장과 외식할 일이 생겼을 때 음식을 나눠 먹기 불편해서 한 그릇 음식인 쌀국수를 대충 가리켰던 것뿐이었다. 아무튼 싫어하는 것은 아니니 상관없었다. E 과장은 차돌박이쌀국수, 나는 힘줄이 들어간 스페셜쌀국수를 시켰다. 음식이 나올

때까지 할 말이 없어 각자 멀뚱멀뚱 식탁에 깔린 광고지만 내려다봤다.

우리는 명백히 껄끄러운 사이다. 그럼에도 불구하고 E 과장이 나를 불러 저녁을 사겠다고 한 이유는, 그가 주변에 불편한 사람이 한 명이라도 있으면 못 견디는 성격의 인간이기 때문이다. 그가 '사람 좋다'고 평가되는 이유인 동시에 나랑 안 맞는 이유 중 하나였다. 그의 강박적인 웃음이 가식처럼 느껴졌다. 부담스러우면 거절했으면 될 텐데, 평판을 의식해 꾸역꾸역 약속에 응한 나도 그다지 진실되어 보이지는 않지만.

나름 맛집이라고 검색해서 왔더니 사람이 많아서인지 음식이 통 나오질 않았다. "휴직하고 계획 있으세요?" 내가 마지못해 무난한 질문을 하나 던졌고 "애들 데리고 세부에 갔다 오려고요." 그가 수십 번은 말했을 법한 무난한 대답을 했을 때, 음식이 세팅됐다.

대부분의 국수류가 그렇겠지만 쌀국수는 육수가 핵심이다. 이 가게의 국물 맛은, 합격. 고기의 맛이 진득하면서도 뒷맛이 산뜻하다. 있지도 않은 숙취가 풀리는 듯 개운했다. 조금 덜 익혀달라고 주문했더니 꼬들꼬들하게 나온 면도 딱 좋았다. 힘줄은 탱글탱글하고, 고기는 양지가 대부분이었지만 제법 큰 차돌박이가 한 점 들어 있어서 야금야금 찢어 먹었다. 맛있었다. 맛있었으나, E 과장이 식사를 먼저 끝내고 지루한 듯 핸드폰을 힐끔대고 있어서 막판에는 뭘 음미할 새도 없이 허겁지겁 식사를 마쳤다.

카페 같은 곳에 가서 시간을 늘리는 일은 서로 원치 않으니 오늘의 스케줄은 여기서 끝. 지하철역으로 걸어가는 길에 내가 E 과장에게 물었다.

"진짜 돌아오실 거예요?"

E 과장은 '정말 몰라서 그러나, 알고도 이러나?' 하며 내 속을 가늠하는 표정이었다. 2년간 같이 일하면서 그가 창업 준비를 한다는 걸 눈치채지 않을 수 없었다. E 과장이 망설이다가 말했다.

"안 돌아올 수도 있지만 뭐 모르는 거죠."

나는 그가 여자 팀장의 지시를 듣는 것을 불편해한다는 걸 안다. 자기보다 나이는 어리지만 박사학위 소유자라 직급이 높은 동료를 은근히 멀리하고, 학벌 좋은 멤버 앞에서는 대학 이야기를 피한다는 것도. 이전에 속해 있던 부서가 잘나간다는 소문이 돌면 괴로워하고, 자기 결과물을 비판하면 바로 발끈한다. 그의 안에 야망뿐 아니라 열등감이 덕지덕지 붙어 있다는 걸, 알고 싶지 않았지만 일하면서 알게 되었다.

과연 나만 보았을까. 그도 보았다. 석사라는 스펙에 대해 내가 갖고 있는 옹졸한 우월감. 유학파에 대한 적개심. 영어를 써야 하는 상황이 닥쳤을 때 느끼는 거의 공포에 가까운 두려움. 잘나가는 동료에 대한 공격성. 겉으로는 초연한 척하면서 성과와 인정에 집착하는 속내. 조직과 사회적 관계에 대한 히스테릭한 경계심.

2년을 둘이서만 일한다는 것은 세 번 정도 바닥을 내보인다는 의미다. 우리가 껄끄러운 이유는 상대가 목격한 자신의 바닥이 싫어서다. 다행히 지하철역에서 우리는 반대 방향이었다. 나의 바닥을 아는 이에게, 할 수 있는 최고의 덕담을 건넸다.

"그럼 안 오시길 바랄게요."

🍚 오늘의 메뉴
스페셜쌀국수

T 과장이 남자로서 첫 육아휴직을 낸 지 2년이 지났다

서 대리, 이 기사 봤어요?

뭔데요?

서 대리님, T 과장님 육아휴직 가시기 전에 회식할 건데 목요일 괜찮으세요?

넹

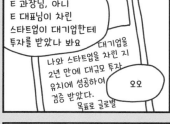

T 과장님, 아니 T 대표님이 차린 스타트업이 대기업한테 투자를 받았나 봐요

대기업을 나와 스타트업을 차린 지 2년 만에 대규모 투자 유치에 성공하여 검증 받았다. 목표로 글로벌

오오

T 과장은 남자다

회식비 많이 남았대요

와아

사업이 잘되나 봐 역시 창업이 답인가

와...

근데 꼭 저녁 회식이어야 돼요? 점심은 안 될까요?

음, 팀장님께 한번 여쭤볼게요

좀 친하게 지낼 걸

대리님도 육아휴직 아직 안 쓰셨죠?

네, 전 초등학교 들어갈 때 쓰려고요

천천히 바뀌어 간다

165

4장
──
다정한
──
맛

부장님의 젤리

S 부장은 키가 작다. 이 얘기를 하는 이유는 내가 S 부장의 핸드폰 배경화면을 보게 된 것이 결코 고의가 아니었음을 강조하기 위해서다. 그저 내가 그녀보다 머리 하나쯤 키가 큰데, 어느 날 만원 엘리베이터에서 우연히 뒤에 섰던 것뿐이었다. S 부장의 배경화면에는 요즘 최고의 주가를 올리고 있는 아이돌 D가 화사하게 웃고 있었다.

굳이 말하지 않아도 소문은 금세 퍼졌다. 애초에 S 부장이 숨기려는 노력을 하지 않았다. 편의점에서 아이돌 D의 얼굴이 인쇄된 과자 앞을 떠나질 못하더라, 팬미팅 응모권을 얻으려고 워크숍 음료를 아이돌 D가 광고하는 것으로 싹 통일했다더라, 심지어는 키우기 시작한 고양이의 이름을 아이돌 D에게서 따왔다는 얘기까지 돌았다.

소문을 확인하기 위해 팀원 한 명이 나섰다. 고양이 사진 좀 보여 달라는 말에 "우리 D 예쁘지?"라며 핸드폰을 내미는 부장님을 보고, 모두 와하하 웃었다.

며칠을 야근하며 작성한 보고서는 첫 장부터 첨부 파일까지 낱낱이 까였고, 결국 전부 갈아엎으라는 지시가 떨어졌다. 팀원 모두 얼굴이 시꺼메져서 말을 잊고 앉아 있다가, 조용히 구내식당으로 저녁을 먹으러 내려갔다.

메뉴는 시래기나물밥과 치킨마요덮밥이었다. 밥과 마요네즈의 조합을 좋아하지 않아서 고민의 여지없이 시래기나물밥을 골랐다. 꺼끌한 질감에 뒤끝이 텁텁한 시래기를 꼭꼭 씹으며 이렇게 질기고 쓴 것이 회사원의 삶인가 생각했다.

식사를 마치고 S 부장이 팀원들을 편의점으로 데려가 간식을 사주었다. 나는 초콜릿아이스크림을 골랐고 S 부장은 D가 커다랗게 인쇄되어 있는 비타민젤리를 집었다. 모두에게 암묵적으로 30분 정도의 쉬는 시간이 주어졌다. 몇몇은 책상에 엎드렸고 다른 몇몇은 바람을 쐬겠다고 나갔다. 나는 혼자 자리에 멍하니 앉아 있다가 얼음물이라도 마시려고 휴게실에 갔다.

잔에 얼음을 담은 다음 물을 받고 있는데 어디선가 작은 웃음소리가 들렸다. S 부장이 핸드폰을 붙들고 젤리를 집으며 의자에 파묻혀 있었다. 웃음소리는 그녀가 낸 게 아니라 핸드폰에서 나오는 것 같았다. 왠지 방해하면 안 될 것 같아서 몸을 돌려 반대편 휴게실로 향했다.

한참 뒤에 돌아온 S 부장은 웃고 있었다. "조금만

더 힘냅시다." 그리고 새벽 1시가 되자 S 부장이 말했다. "나머지는 내가 할 테니 다들 집으로 가요, 수고들 했어요."

택시를 타고 집에 가는 내내 마음이 무거웠다. S 부장에게 집에 잘 도착했다는 메시지를 보내면서 아이돌 D의 사진, 고양이가 치어리딩을 하고 있는 이모티콘을 연달아 전송했다. 곧 내 메시지 앞의 1이 없어지고 S 부장이 보낸 이모티콘이 떴다. 하얀 개가 춤을 추고 있었다.

나는 S 부장이 보던 영상이 아이돌 D가 지난주에 출연한 모 종편 채널의 아이돌 예능 프로그램임을 안다. 내가 보낸 아이돌 D의 사진은 내 핸드폰 갤러리에 저장되어 있던 사진 중 하나다. 나는 아이돌 D와 같은 그룹이었던 P의 팬이다. 그리고 나는 그 사실을 회사에서 말하지 않았다.

무서웠다. 아이돌을 좋아한다는 이유만으로 S 부장이 조롱의 대상이 되고 있는 게. 그녀가 사십 대 후반의 싱글 여성이라는 사실이 그 조롱에 무게를 더하고 있다는 게. 그녀가 마치 내 미래처럼 느껴져서.

팀원들을 먼저 보내며 자세를 고쳐 앉던 S 부장의 모습이 오래도록 맴돌아 쉽게 잠을 이루지 못했다.

⬤ S 부장의 메뉴
시래기나물밥 | 비타민젤리

메신저 프로필 사진은 토끼풀

제가 좋아하는 아이돌 P의 탄생화죠

아, 어제 피자 시켰는데 거기 모델이

메신저 상태 메시지는 '멍멍'

아이돌 P의 별명입니다~

멍멍!

그... 있잖아 서바이벌 프로그램 뽑힌 아이돌 윙크로 유명한

핸드폰 배경화면은 예쁜 이층집 일러스트

공식 팬카페 대문 이미지입니다

아~ P요?

맞아 맞아 서대리가 좋아하는

이 정도 일코*면

아무도 눈치 못 채겠죠?

*일코: 일반인 코스프레

동공

지원

잘생겼더라

일단 침착해

화분에 물을 주는 미남과
평리수

사무실 자리에는 위계가 있다. 보통 팀장님은 통로에서 가장 먼 창가 자리에 앉는다. 통행인의 방해도 없고 광합성도 잘 되고 날씨의 변화도 만끽할 수 있는 상석이다. 그다음으로는 통로 쪽으로 갈수록 낮은 직급의 사람들이 앉게 되는데, 우리 사무실의 경우 예외가 있다. 시세를 교란하는 숲세권 매물 때문이다.

숲세권은 화분 뒷자리를 말한다. 코웃음 칠 일이

아니다. 책상 위에 올려두는 자그마한 사이즈의 다육이가 아닌, 넓적한 잎에 성인 남자 키 남짓 되는 커다란 화분이다. 사무실 복도에 일정한 간격으로 놓여 있는 이 화분은 전문 업체가 관리하는 회사 자산인데, 무성한 잎으로 뒤에 앉은 사람을 가려준다. 늘 경쟁이 치열해서 어지간한 연차로는 욕심도 못 내는 자리인데, 이번에 자리를 새로 배치하면서 얼결에 내 차지가 됐다. 그전까지는 복사기 옆에 앉았던 터라 실로 어마어마한 신분 상승이었다. 조금 과장하자면 예전에 딱 한 번 인사평가에서 AA를 받았을 때보다 좋았다. 숲세권 주민으로서의 자부심을 안고, 출근할 때마다 괜히 크게 심호흡을 하며 피톤치드를 들이켰다.

보고를 망쳤다.
화가 나서 간식 서랍을 열었다.

며칠 동안 고생해서 작성한 결과물을 제대로 전달하지 못한 것도 속상하고, 보고를 받는 내내 핸드폰을 보거나 아몬드를 까먹다가 맥락이 다른 엉뚱한 지시를 내린 윗사람도 미웠다. 회사 일에 성을 내봤자 내 손해

라는 건 알고 있지만 감정을 조절하기가 쉽지 않았다. 속으로 씩씩거리며 서랍을 뒤졌다. 과일젤리, 초콜릿, 쿠키, 비스킷 사이에서 펑리수를 찾았다.

대만에서 직접 사온 것이었다. 딱 두 개 남았다. 머핀과 비스킷을 섞은 것 같은 성긴 질감의 달달한 빵. 첫입은 조금 퍽퍽하지만, 곧바로 찐득하고 물컹한 파인애플 잼이 등장한다. 바삭함과 촉촉함, 달달함과 새콤함을 넘나드는 식감의 버라이어티. 손가락 두 마디도 채 안 되는 작은 펑리수가 금방 동이 났다. 남은 하나도 금세 먹어 치우고는, 떨어진 부스러기가 아까워서 검지손가락으로 콕콕 찍어 먹던 중이었다. 눈이 마주쳤다. 화분의 무성한 이파리 사이로.

화분에 물을 주러 온 업체 직원이었다. 언제나 초록 손수레에 파란 물통을 싣고 와서 아무 말 없이 물을 퍼주고 가는 사람이었다. 굳게 다문 입꼬리와 남색 유니폼 사이로 보이는 다부진 팔뚝이 꽤 근사하다는 생각을 했었다. 잠시 머리가 하얘져서 검지손가락을 혀끝에 댄 채 눈만 끔뻑이고 있었다. 직원이 픽 웃더니 가볍게 고개를 숙여 목례를 했다. 그러고는 웃는 채로 수레를 밀며 멀어졌다.

'어, 뭐지? 이 느낌은? 이거 혹시 설레도 되는 타이밍이야?'

그날 저녁, 샤워하면서 겨드랑이 털도 밀었는데 다음 주부터 다른 사람이 왔다.

◯ 오늘의 메뉴
펑리수

누가 회사 식당에서 날 보고는 인트라넷에서 번호를 찾아서 관심 있다고 연락한 적이 있었어

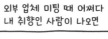

외부 업체 미팅 때 어쩌다 내 취향인 사람이 나오면

요

어머 저는 워크숍 끝나고 쪽지 받은 적 있었는데

어느 때보다 예리하고 민첩해진다

흠

그런 거 좀 불편하지~

아무래도 회사 안에선

손에 반지가 있는 거야 없는 거야?

좀 그렇지~

잘돼도 사내연애 니까요

코 파고 싶당

속

쓱

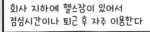
회사 지하에 헬스장이 있어서
점심시간이나 퇴근 후 자주 이용한다

동병상련

유일한 베이컨샌드위치

 i

D 대리와 점심 약속을 잡았다. 어디로 갈지 고민하다가 식사를 포장해서 회사 근처 공원에서 먹기로 했다. 베이컨샌드위치와 아이스아메리카노를 샀다. 나무 그늘 아래에 자리를 잡고 포장을 뜯었다. 흰 빵 사이에 잘게 썬 베이컨, 달걀프라이, 양상추가 들어간 심플한 샌드위치였다. 베이컨 특유의 고기 냄새를 홀그레인머스타드소스가 잡아주고, 아삭한 양상추가 수분감과 식감을 더한다. 달걀프라이가 반숙이 아니라 완숙이라는

것만 빼면 만족, 대만족.

샌드위치를 짭짭 씹으며 공원의 풍경을 바라보았다. 웰시코기 한 마리가 빨간 목줄을 하고 산책 중이었다. 뒤편 풋살장에서는 남자들이 형광색 조끼를 입고 오, 그래, 이쪽, 나이스 같은 소리를 질렀다. 파란색 와이셔츠를 입은 회사원이 이따금 벨트를 추켜올리며 세바퀴째 공원을 돌고 있었다.

"아, 퇴근하고 싶다."
"난 출근할 때부터 퇴근하고 싶었어."
"난 일어날 때부터."
"난 어제 퇴근할 때부터."
"난……."

이러다 태어날 때까지 거슬러 올라갈 것 같아서 말을 줄였다.

D 대리는 내가 회사에서 말을 놓은 몇 안 되는 동료 중 하나다. 취미나 좋아하는 게 비슷해서 곧잘 통했

고, 프로젝트 몇 개를 같이 하는 동안 가까워졌다. 지금은 팀이 달라졌지만 가끔 점심을 함께하는 사이가 됐다. 내가 파악한 그녀는 사명감 내지는 소명 의식이 높은 사람이었다. 세상에 공헌하는 일을 하고 싶어했다. 요즘은 퇴근하고 노무사 공부를 하고 있다고 했다. 일단 1차 시험까지는 회사와 병행할 수 있을 것 같다고.

"그래도 두 가지를 같이 하려니까 많이 힘드네."

D 대리가 눈을 찡그리며 한숨을 뱉었다. 덩달아 함께 눈을 찌푸리며, 문득 나는 어떤 종류의 충동에 휩싸였다. 너의 기분과 심정에 공감한다고 말하고 싶었다. 퇴근길 대중교통에서 녹초가 되어 집에 돌아와 다시 책상에 앉을 때의 노곤함을 나도 매일 느끼고 있다고. 시간이 부족해서 좋아하는 예능도 드라마도 보지 못하는 아쉬움을 알고 있다고. 야근 때문에 오늘의 분량을 마치지 못 할 때 오는 스트레스와 초조함을, 나도 견디고 있다고.

회사에는 지금껏 내 작품 활동을 알리지 않았다.

언제 어느 순간 누구에게 약점이 될지 몰라 두려워서
였다.

　'말하고 싶다.
　즐거운 만큼 많이 힘들다고 말하고 싶어.
　공감하고 이해받고 토로하고 싶다.'

　아이스아메리카노는 어느새 바닥이 드러나 있었
다. 쭈욱 들이켜자 빈 빨대 소리만 났다. 남은 얼음을
입에 털어 넣으며 마른 입술을 축였다.

　"사실 나도……."

　D 대리는 내가 회사에서 말을 놓은 몇 안 되는 동
료 중의 하나였고, 이제 막, 작가로서의 나를 아는 유
일한 회사 사람이 되려 하고 있었다.

◯ 오늘의 메뉴
아이스아메리카노 | 베이컨샌드위치

회사 근처의 공원

공원에 상주하는 길고양이

점심시간이면 산책하는
회사원들로 가득 찬다

얼굴은 깡패 같지만 애교만점

어쩐지 모두 한 방향으로만 걷는다

많이 본
광경인데

아이 귀여워~

좀비영화
였던가…

예뻐라~

우리는 덕후 메이트

톳과 털

›

"남자들도 반바지를 입을 수 있게 해주십시오."

듣고 있던 전무님이 이해하기 힘들다는 표정을 지었다. 남자 직원들이 웅성거리기 시작했다. 그에 용기를 얻었는지 발언자가 말을 이어갔다.

"요즘 같은 한여름에 비까지 오면 긴바지를 입고 출퇴근하기 너무 불편합니다."

"아, 차를 안 타고 다니는 사람도 있구나."

이 회사는 주차 공간 부족으로 매우 제한적으로 주차권을 발급한다. 팀장 미만으로는 임산부를 제외하고 웬만해선 차를 몰고 다니기 힘들다.

"미안한데 난 남자들의 헤어리hairy한 다리를 그다지 보고 싶지 않아."

전무님이 쿨하게 대꾸하면서 팔짱을 꼈다. 대회의실이 순식간에 조용해졌다. 수평적인 조직 문화 조성을 위해 분기마다 실시하는 오픈 커뮤니케이션 행사가 이렇게 마무리되었다. 벌써 작년 여름의 일이다.

서울에 첫 폭염 특보가 내렸다. 회사까지 오는 동안 이미 땀을 한 바가지 흘렸다. 출근과 동시에 퇴근해야 할 것 같은 기분이었다. 비틀거리며 자동문을 통과해 회사 로비로 들어갔다. 오, 홀리 에어컨디셔너. 잠시 멈춰 서서 냉기를 영접하고 있는데 뒤에서 누가 인사를 했다. 같은 팀 후배인 A 사원이었다.

"안녕하세요."
"아, 안녕하세요."

그에게 일상적인 안부를 물으며 엘리베이터를 타고 사무실까지 함께 갔다. 자리에 앉는데 뭔가 익숙한 듯 익숙하지 않은 실루엣을 본 느낌이 들었다. 뭐지? 건너편 자리에서 과장님이 A 사원에게 말했다.

"헐. 반바지 입고 왔네?"

A 사원이 우리 부서 남자 직원 최초로 반바지를 입고 출근했다. 남자들이 그의 주변에 몰려들었다.

"반바지 입어도 돼?"
"전무님은 안 된다고 했어요."
"디자인팀은 다 입고 다니는데 우리는 왜 안 돼?"
"다리털이 보기가 싫으시다잖아요."

그 말에 약속이라도 한 듯 모두가 A 사원의 종아리를 쳐다봤다. 나도 무심결에 시선을 내렸다. 실례인 줄 알면서도 생각하고 말았다.

'나보다 적네, 털.'

점심 메뉴로 톳나물무침이 나왔다. 무성한 톳나물을 들어 올려 입에 넣었다. 식감으로 먹는 음식이다. 토독토독 잘게 터지는 느낌. 턱을 열심히 움직였다. 톳. 털. 턱. 티읕으로 시작하는 외마디 단어들은 어쩐지 단호한 구석이 있다. 식사를 마치고 나오는데 오늘따라 반바지를 입은 남자 직원들이 눈에 띄었다. 전무님이 아무리 싫어해도, 언젠가 모두가 편하게 반바지를 입는 날이 올 것이다. 그럼 희망하건대 언젠가, 모두가 계절에 상관없이 제모를 하지 않아도 되는 날도 오지 않을까. 빨리 오면 좋겠다. 우리 모두가 자신의 헤어리hairy한 다리에 솔직해지는 날.

🥣 오늘의 메뉴
톳나물초무침 | 삼치구이 | 동그랑땡 | 오징어뭇국 | 잡곡밥

어느 날 나는

어느 날 나는

팔 털을 밀지 않고 회사에 가보기로 했다

화장을 하지 않고 회사에 가보기로 했다

아무 일도 일어나지 않았다

아무 일도 일어나지 않았다

어느 날 나는

아무 일도 일어나지 않았고

더 이상 회사에서 습관적으로
웃지 않기로 했다

많은 일이 일어났다

오전까지
돼요?

안 돼요

서 대리,
예전이랑
많이
달라졌어~

저요?

아무 일도 일어나지 않았다

반나절도
더 필요해요

더 편안해
보여

회사에서도 내 모습으로 있기

변비엔 카페라테

i

유당내당증은 유당을 분해하는 성분인 락타아제가 없거나 부족한 증상이다. 우유를 마시고 배가 아파오거나 설사를 하는 사람들이 여기에 속한다. 그리고 그 유당내당증 보유자 중 한 명이 지금 회사 지하 카페 카운터에 서서 눈을 게슴츠레하게 뜨고 메뉴판을 노려보고 있다.

"주문하시겠어요?"

무언가 결심한 듯 고개를 돌리는 유당내당증 보유자. 입을 일자로 꾹 다물자 턱에 보조개가 생긴다.

"아이스카페라테 한 잔이요."

결국 시키고야 말았구나. 유당내당증 보유자는 아이스카페라테를 받아 들고 눈을 지그시 감는다. 소중한 것이라도 다루듯 손안의 라테를 고이 감싸며.

3일. 큰 일을 못 본 지 벌써 3일째다. 이 한잔이 부디 해결책이 되어주길.

2시간 전 내 이야기다.

보통 불길한 예감은 뒷목을 타고 흐른다. 회의가 시작되고 1시간 30분이 지난 때였다.

"위기감이 안 느껴지잖아. 이거 아니면 우리 사업 망하겠다, 싶은 위기감이."

'네 상무님. 그 위기감이 지금 제 대장에서 오고 있는데요.'

아랫배에서 알싸한 통증이 올라왔다. 몸이 차게 식고 손끝이 저릿했다. 모든 신호가 외치고 있었다. 당장 화장실로 뛰어가!

"서 대리는 어떻게 생각해."

상무님의 한마디에 다섯 쌍의 눈이 일제히 나를 향했다. 저는 우리가 쉬는 시간을 가져야 한다고 생각합니다. 하고 싶은 말을 목젖 아래로 밀어 넣고 더듬더듬 머리를 쥐어짰다.

"저는 서비스로 사업 모델을 전환하자는 메시지가 필요하다고 보는데요."
"우리가 서비스로 성공한 게 하나라도 있어?"

우리라뇨. 상무님은 사측이 된 지 오래라 잊으셨나 본데 저랑 회사는 남이에요. 절대 입 밖으로 꺼내지

못할 말을 속으로만 되뇌었다. 그래도 상무님 덕에 나에게 쏠린 시선들이 흩어져서 다시 식은땀을 맘껏 흘릴 수 있게 됐다. 난동을 부리는 아랫배를 잊으려고 딴 생각을 했다. 6개월 앞으로 다가온 크리스마스에는 무얼 할까. 그때쯤이면 춥겠지. 온수매트 위에 누워서 귤 까먹어야지. 대신 내년 설 연휴에는 베트남에 가기로 하자. 쌀국수집 도장 깨기를 하고 와야지. '고수는 빼주세요'가 베트남어로 뭐였더라. 드엉, 드엉 쪼 라우 으엉.

'아, 안 되겠다.'

의자를 살짝 들어 올려 뒤로 밀었다. 구부정한 자세를 하고 회의실 뒷문으로 발을 옮겼다. 눈치 없는 운동화 밑창이 바닥에 눌릴 때마다 픽픽 소리를 냈다. 순간, 시선이 집중되는 게 느껴졌지만 애써 무시했다. 손 안에 땀이 고여서 손잡이가 자꾸 헛돌았다. 힘을 주어 돌리자 문이 끽끽거리며 열렸다. 문 틈새로 빠져나와 다시 문을 살그머니 닫고 재빨리 화장실로 뛰었다.

이윽고 찾아온 환희의 시간. 대장의 상피세포로부터 차오르는 평화와 기쁨을 만끽하느라 한동안 자리에서 일어나지 못했다. 변기 칸을 나와 손을 닦으며 거울 속 후련해 보이는 제 얼굴을 바라보던 유당내당증 보유자는, 이제 슬슬 다시 회의실로 돌아갈 일이 걱정되기 시작했다. 만약 내가 아니라 상무님이 마려웠다면? 회의를 중단하고 잠깐 쉬자고 했겠지. 싸고 싶을 때 쌀수 있는 게 바로 권력이구나. 배설과 권력의 상관관계에 대한 고찰을 마친 나는 도무지 떨어지지 않는 발을 애써 밖으로 옮겼다. 앞으로는 회의를 앞두고 절대 라테를 마시지 않겠다는 결심과 함께.

◯ 오늘의 메뉴
아이스카페라테

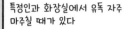

특정인과 화장실에서 유독 자주
마주칠 때가 있다

앗

야근 중 들른 화장실, 현재 시간 밤 12시

오늘 자주 뵙네요

앗, 네

분명 혼자 있는데,
웬 낯선 기척이 느껴졌다

튀

저희 오늘 방광의
리듬이 비슷한가 봐요~

하하

자동식
탈취제 →
분사기

튀 튀

방금 표현
완전 재치
넘쳤다

좀 이상한
사람이네

그쪽도
늦게까지
고생이
많으십니다
...

24시간 침 뱉기 노동

컵빙수는 얄궂지만 다정해

ı

구내식당에서 말복이라고 식후에 컵빙수를 나눠주었다. 식당 앞의 널찍한 홀을 두 바퀴쯤 감는 긴 줄이 늘어섰다. 팀장님을 포함한 몇 명이서 밥을 먹고 나오는 길이었다. 우리는 잠시 저 줄에 합류할 것인가를 고민했다. 못해도 10분은 기다려야 할 것 같았다. 점심시간이 끝나고 바로 미팅이 있던 나는 받지 않고 돌아가는 쪽으로 마음이 기울었다. 하지만 모든 결정은 팀장님의 입에서 내려진다. "먹을까요?" 팀장님의 말에 모두 한마음 한뜻으로 척척 줄의 꼬리를 찾아 섰다. 청유형 문장은 참 얄궂을 때가 있다.

컵빙수를 기다리면서 여름휴가 이야기를 나눴다. 누구는 라오스, 누구는 달랏, 누구는 제주도에 다녀왔다. 서로서로 의례적인 질문을 주고받았다. 어디가 좋았어, 뭐 했어, 날씨는 어땠어. 한참을 떠들어도 줄이 별로 줄어들지 않았다. 잠깐 침묵이 돌고 몇몇이 휴대폰을 확인했다. 말없이 서 있던 나에게 누군가가 물었다.

"서 대리는 휴가 언제 간댔지?"

말복이 되도록 휴가를 못 갔다. 업무 때문이었다. 세 명이 함께 프로젝트를 진행하는데 휴가 날짜를 분산해야 일이 돌아간다고 했다. 한 명은 어린이집 방학 때문에 바꿀 수가 없고, 또 다른 한 명은 남편과 휴가 일정을 맞춰놔서 난감해했다. 그래서 혼자 사는 데다 계획도 안 짜둔 내가 휴가를 다음 달로 미뤘다. 다들 내 눈치만 보길래 그냥 그러겠다고 했다. 절대 막내라서가 아니었다. 순전히 내 의지였다. 의지였을 것이다.

의지였을지도 모른다.

"9월 중순에 가요."

말복의 수상쩍은 점은 입추 다음에 온다는 것이다. 근 몇 년 동안 입추에 나눈 대화는 이랬다. "오늘이 입추래." "미친. 이렇게 더운데?" 또 근 몇 년 동안 말복에 나눈 대화는 이랬다. "오늘이 말복이래." "응? 얼마 전에 지나지 않았나?" 입추는 이름값을 못 하고 말복은 존재감이 없었다. 그런 말복을 기념해서 컵빙수를 주다니.

오래 기다려 받아 든 빙수는 작고 달았다. 얼음 부스러기에 연유, 단팥, 콩가루, 떡이 어수선하게 흩어진 소박한 디저트였다. 달짝지근한 얼음덩이를 삼키면서 오늘의 구내식당은 조금 다정하다고 생각했다.

◗ 오늘의 메뉴
우삼겹된장찌개 | 동그랑땡 | 미역초무침 | 브로콜리 | 컵빙수

과장님: 모르는 척하는 건데

작가의 말

오늘은 회사에서 세 끼를 해결했다. 아침에는 집에서
챙겨온 귤과 딸기를 먹고 점심에는 구내식당에서 돌솥
알밥을, 저녁에는 지하 1층 편의점에서 참치김밥을 사
먹었다.

이 책의 첫 단어를 쓴 지 2년이 지났다. 그동안 두
번 퇴사를 결심하고 두 번 단념했다. 여섯 번 정도는
회사가 마음에 들었다. 한 번도 일 때문에 울지 않았다.

어제는 스스로가 대견하고 오늘은 스스로가 초라
하다. 이 불친절한 변덕을 견디며 매일매일 성실히 밥
벌이를 하는 자신에게 칭찬의 박수를 보낸다. 그리고
함께 일하는 동료들에게 깊은 감사의 마음을 전한다.

회사 밥맛

1판 1쇄 인쇄 2020년 3월 25일
1판 1쇄 발행 2020년 4월 1일

지은이 서굴
펴낸이 김영곤
펴낸곳 아르테

문학사업본부 본부장 손미선
채널기획팀 이정미 김연수
문학마케팅팀 배한진 정유진
영업본부 이사 안형태
영업본부 본부장 한충희
문학영업팀 김한성 이광호
제작팀 이영민 권경민

출판등록 2000년 5월 6일 제406-2003-061호
주소 (우10881) 경기도 파주시 회동길 201(문발동)
대표전화 031-955-2100 팩스 031-955-2151

ISBN 978-89-509-8715-2 (03810)